EIN COWBOY ZUM HEIRATEN

DEBRA CLOPTON

Ein Cowboy zum Heiraten

Copyright © 2019 Debra Clopton Parks

Ein Cowboy zum Heiraten

Cowboy Nic Corbin hatte häufig Pech mit Frauen und ist aktuell nicht auf der Suche nach der großen Liebe. Seine Freude auf ein ganzes Wochenende voller Hochzeitsfestlichkeiten, bei der er der Trauzeuge für seinen Freund sein wird, hält sich in daher in Grenzen, doch augenblicklich erregt eine Frau in einem glitzerndem Kleid am Strand seine

Aufmerksamkeit – ist sie eine Meerjungfrau?

Nein, er erkennt, dass sie in Schwierigkeiten steckt und stürzt sich in die Wellen, um sie zu retten.

Nachdem ihr ein Cowboy das Herz gebrochen hat, tauschte Lexi Wilcox ihre Stiefel gegen Flip-Flops und ein Bistro am wunderschönen Sandstrand von Corpus Christi ein. Zwei Jahre später und noch immer himmelweit davon entfernt, an Happy Ends zu glauben, sieht sie einem quälenden Wochenende entgegen – der Strandhochzeit ihrer Cousine.

Plötzlich findet sie sich im Wasser wieder, es wird gefährlich. Und wer ist zur Stelle, um sie zu retten? Ein hinreißender Cowboy …

Das gemeinsam verbrachte Wochenende und die lästigen Ermunterungen der besuchenden Heiratsvermittler von Mule Hollow, Texas sorgen dafür, dass Lexi vor den in ihr zu explodieren drohenden Gefühlen die Flucht ergreift.

Doch Nic ist fest entschlossen; er wird nicht lockerlassen und ihre Meinung über Cowboys ändern – und so beginnt der Spaß.

Lassen Sie sich diese unterhaltsame Ergänzung der Cowboy-Serie nicht entgehen, die zu lustig ist, um sie beiseitezulegen.

CHAPTER ONE

Lexi Wilcox hasste Hochzeiten.

Aber sie liebte ihre Cousine. So sehr, dass sie bereit war, ein ganzes quälendes Hochzeitswochenende über sich ergehen zu lassen.

Tiff hatte es sich in den Kopf gesetzt, die Tortur auf zwei Tage auszudehnen. Beginnen würde das „Vergnügen" mit einem Probedurchlauf der schicken Hochzeitsparty inklusive Musik und Tanz. Und Romantik.

Das Ganze würde in etwa so *vergnügt* werden wie Zahnschmerzen.

Lexi zupfte an ihrem bodenlangen, paillettenverzierten goldenen Kleid herum und bemühte sich darum, ihre Stimmung der Situation anzupassen – wobei das Kleid nicht gerade eine Hilfe war. Sie hatte es um fünfundsiebzig Prozent reduziert im Ausverkauf gefunden und sich geweigert, mehr Geld für ein Kleidungsstück auszugeben, das sie nie wieder tragen würde. Das Ding juckte, wog gute zehn bis fünfzehn Pfund und entsprach so gar nicht Lexis Geschmack.

Aber Tiff fand es einfach hinreißend.

Daher stand sie nun hier, in diese Monstrosität gehüllt und kam sich verkleidet vor.

Komm schon, Lex, es ist alles eine Frage der Einstellung, denk dran.

Richtig. Lexi sah sich um und beobachtete, wie die Sonne leuchtend orange in die funkelnd blaue Corpus Christie Bay zu sinken begann. Sie liebte diese lauen Augustabende.

Liebte es, barfuß am Strand entlang zu gehen, die angenehme Wärme der untergehenden Sonne auf der Haut und den pudrigen Sand unter den Füßen und zwischen den Zehen. Sie spürte, wie neue Kraft sie durchströmte.

Sehr gut, Mädchen, ganz ruhig. Entspannt. Das ist schon besser, viel besser.

Sie verstärkte ihren Griff um die Riemen ihrer hohen Schuhe, die an ihren Fingerspitzen baumelten. „Du schaffst das, Lex. Für Tiff", sagte sie laut zu den Möwen, die sich vom Geschehen unbeeindruckt vom Wind tragen ließen.

Entschlossen hob sie den Saum ihres Kleides an, sodass er nicht mehr im Sand hing und bemühte sich darum, das beständige Zittern unter Kontrolle zu bringen und Trost in der Schönheit ihrer Umgebung zu finden. Dieser unglaubliche Strand war schon immer ihr sicherer Hafen gewesen. Ihr Zufluchtsort. Tiff, die diesen Ort ebenfalls von ganzem Herzen liebte, wusste das und hatte gehofft, dass es Lexi helfen würde, wenn die Hochzeit genau hier stattfinden würde. Hier hatte Lexi vor ein paar Jahren ein neues Leben begonnen. An diesem Wochenende sollte sich alles um Tiff drehen und trotzdem hatte sie an Lexis Gefühle gedacht…

Das war nur ein Grund mehr, sich ein Lächeln aufs Gesicht zu zwingen, ihrer Kusine zur Seite zu stehen und dafür zu sorgen, dass sie glücklich war. Und das war sie selbst auch – glücklich für Tiff. Steven war ein toller Kerl. Nicht so wie –

Nein, denk nicht daran.

Als sie nur noch ungefähr fünfzig Meter vom Hotel entfernt war, hielt sie inne und betrachtete die neueste Ergänzung der Skyline von Corpus Christie. Genauso wie die Strandpromenade, an der sich ihr Bistro und mehrere Souvenirläden befanden, war das Hotel The Castle erst vor wenigen Jahren erbaut worden. Man hatte es eigens zum Ausrichten von besonderen Hochzeitsfeierlichkeiten errichtet. Mit seinen weiß schimmernden Wänden, den zahlreichen Glasfenstern und ineinander übergehenden Treppen, die bis auf den Strand hinunterreichten, sodass es beinahe unmöglich war, zu erkennen, wo die weißen Stufen endeten und der weiße Sand begann, war es ein voller Erfolg. Lexi erwartete beinahe, Cinderella und ihren Prinzen auf einem der Treppenabsätze zu entdecken, die einander verliebt in die Augen sahen.

Sie dachte an Tiff und deren Prinzen und entschied, dass sie die Hochzeit ihrer Cousine zuliebe schon überstehen würde.

Sie atmete noch einmal tief ein, um sich zu beruhigen und ging dann auf die Treppe zu.

„Hallo-ho, Lexi!"

Lexi blickte vom Hotel in Richtung Wasser und verspannte sich unwillkürlich.

Die Kupplerinnen waren eingetroffen.

Ja, da waren sie. Ihre rothaarige Tante Esther Mae Wilcox und deren Freundinnen Norma Sue Jenkins und Adela Ledbetter Green. Alle drei Damen winkten ihr wild vom Ufer aus zu. Ihren Befürchtungen zum Trotz musste sie beim Anblick der aufgeregten Frauen lächeln. Millie, einer der winzigen schwarzen Yorkie-Poos ihrer Tante, sauste auf die glitzernden Wellen zu und sprang dann wieder zurück, sodass sie kaum zu erkennen war und jagte die sie verspottenden Möwen, ihr schrilles Bellen wurde von der Brise davongetragen. Die Begeisterung des kleinen Hundes brachte Lexi zum Lachen. Sie winkte mit der Hand, in der sie ihre Schuhe hielt und umfasste mit der anderen weiter den langen schweren Saum ihres Kleides.

„Lexi!", rief Tante E erneut. Mit wehenden

Kleidern eilte sie auf Lexi zu und zog sie in ihre von gelbem, mit Blumen bedrucktem Chiffon umhüllten Arme. „Was für ein entzückender Anblick für meine müden Augen!"

„Ich freue mich auch, dich zu sehen." In Lexis Hals schien ein Kloß zu stecken, aber sie erwiderte die liebevolle Umarmung. Obwohl ihre Tante und deren Freundinnen ihre Beklommenheit noch verstärkten, hob sich ihre Stimmung augenblicklich.

Einige Minuten vergingen, während derer alle aufgeregt durcheinanderredeten, Grüße ausrichteten und sich umarmten. Millie rannte ihr zwischen die Beine und Lexi bückte sich und hob das lockige, zappelnde Hündchen auf und drückte es an sich. Der kleine Hund leckte fröhlich über Lexis Kinn und versuchte dann, frei zu kommen. Die krächzenden Vögel waren einfach zu verlockend.

Tante E's scharlachrote Haare strichen wie Flammen im Wind um ihr Gesicht, als sie Lexi von Kopf bis Fuß musterte. „Strahlt sie nicht geradezu heute Abend? Norma Sue. Adela. Ist meine Nichte nicht der schönste Anblick weit und breit?"

„Entzückend, Lexi. Einfach entzückend." Bewundernd sah Adela sie mit ihren warmen blauen Augen an, die dadurch in einem noch lebhafteren Kontrast zu ihren schneeweißen Haaren standen als üblich.

„Yup." Norma Sue hatte kurze graue Locken, die für gewöhnlich unter einem weißen Stetson hervorlugten, der heute fehlte. Sie war eine Rancherin mit einer ausgeprägten Persönlichkeit und einem Lächeln, das ebenso breit war wie ihre Hüften. „Liebes, du wirst heute Abend jeden Mann vom Hocker hauen."

Und da ging es schon wieder los. Sie waren kaum zwei Minuten in ihrer Nähe und schon waren sie am Kuppeln. Die drei täuschend unschuldig aussehenden Damen waren weithin bekannt als die Kupplerinnen von Mule Hollow, ihrer winzigen Heimatstadt in Texas.

„Einen Moment", sagte Lexi eindringlich. „Ich bin gerade weder auf der Suche nach etwas Romantik noch möchte ich eine Beziehung und ihr werdet mich nicht dazu drängen, irgendetwas in dieser Richtung zu unternehmen."

Tante E schnaubte missbilligend. „Du wirst dir

doch nicht diese einzigartige Gelegenheit entgehen lassen, um den Mann deiner Träume zu finden. Dieser unterbelichtete Lance Carson hat dir einen Gefallen getan, als er aus dieser Kirche ging. Denk doch nur daran, was du dir aufgebürdet hättest, wenn du dich für den Rest deines Lebens mit diesem Halunken verbunden hättest."

„Da hat sie recht, junge Dame", sagte nun auch Norma Sue entrüstet. „Du bist auf einer Ranch aufgewachsen. Du weißt, dass man zurück in den Sattel steigen muss, wenn man abgeworfen wurde. Inzwischen sind zwei Jahre vergangen, es ist wirklich an der Zeit, zurück in den Sattel zu steigen."

Mit trockenem Mund sah Lexi Adela hilfesuchend an.

„Ich bin derselben Meinung wie die beiden, Liebes. Du willst doch nicht, dass das, was er getan hat, all deine Entscheidungen beeinflusst. Ich weiß, dass es schwer ist, aber du musst nach vorn schauen."

Ihr Herz schlug heftig und sie hatte das Gefühl, es müsse sich gegen ein Band aus Stahl erwehren, das sich darum gelegt zu haben schien. „Lance hat mir wirklich einen Gefallen getan. Wenn wir geheiratet hätten, hätte ich niemals meine Berufung hier in Corpus Christie gefunden. Ich liebe mein Leben." Das stimmte. Vor zwei Jahren hatte sie ihre Stiefel gegen Flipflops und ein Bistro am Strand eingetauscht. Ihr ging es gut. Sie genoss das Leben und führte ein Geschäft, welches es ihr erlaubte, sich zu entspannen und ihre Zeit mit Freunden und vielen zufriedenen Kunden zu verbringen.

Natürlich war sie nach dem, was Lance getan hatte, verletzt und beschämt gewesen und wütender als – nun, sagen wir einfach, sie war eben ein heißblütiges texanisches Cowgirl. Doch das war damals gewesen, nun war sie kein Cowgirl mehr. Sie war Surferin – also, nicht dass sie tatsächlich surfte, aber sie liebte den damit verbundenen sorglosen Lebensstil. Und ihre vielseitige Auswahl an Flipflops passte zu jedem Anlass. Sie kochte den besten Kaffee der Stadt, buk das beste Gebäck und machte die besten Sandwiches. Und ihre Suppen waren zum Niederknien – die lobenden Worte ihrer Kundschaft, nicht ihre eigenen. Und doch waren sie genau das, was sie anstrebte, wenn sie etwas Neues schuf. Sie war glücklich, wenn es ihr gelang, ihre Kunden glücklich zu machen.

Ihr Leben war fantastisch.

Das war es wirklich. Sie würde zwar gern ihren Umsatz weiter steigern und vielleicht ein paar Catering-Aufträge an Land ziehen, damit sie ihren Angestellten mehr Lohn zahlen könnte, aber das würde schon kommen. Das würde es.

Als sie bemerkte, dass die drei Kupplerinnen sie erwartungsvoll und hoffnungsfroh ansahen, stockte ihr Herzschlag und ein Knoten bildete sich in ihrem Magen. Sie würden heute Abend wie Sirup auf einem heißen Pfannkuchen an ihr haften und sie nicht in Ruhe lassen. Ihrer Meinung nach brauchte eine alleinstehende Frau einen Mann, Ende der Geschichte.

Das sah Lexi anders. Das wollte sie auch gerade sagen, als Millie an ihnen vorbeistob und sich auf eine niedrig fliegende Seemöwe stürzte. Das Problem war nur, dass der kleine Hund direkt auf das Wasser zu gerannt war. Millie segelte durch die Luft, ihr Fell stand in alle Richtungen ab – was war sie, ein kleiner Hund oder ein Vogel?

Sie landete inmitten der zurückschwappenden Welle, ihr Fell umgab sie wie ein Mopp, als sie für einen Moment zu schweben schien, doch augenblicklich wurde sie mehrere Meter ins Wasser geschwemmt. Wild jaulend und bellend begann sie zu paddeln, aber anstatt sich dem Strand zu nähern, wurde sie weiter hinausgezogen.

„Mein Baby!", rief Tante E hysterisch und rannte mit Norma Sue und Adela auf den Fersen zum Wasser.

Millie war drauf und dran, im Meer zu ertrinken.

Lexi warf ihre Schuhe in den Sand, zog den engen Rock ihres Paillettenkleides weiter nach oben und begann zu rennen. „Ich hole sie, Tante E", rief sie. Sie stürzte sich ins Wasser und tauchte flach unter den Wellen hindurch, während sie nach dem jaulenden Fellbündel suchte.

Als sie die Stelle erreichte, an der sie den kleinen Hund zuletzt gesehen hatte, stellte sie fest, dass Millie noch weiter hinausgezogen worden war und verzweifelt Wasser trat und bellte. Lexi kämpfte sich weiter voran, aber das schwere Paillettenkleid sog sich einem Schwamm gleich voll Wasser. Sie strampelte und schlängelte sich, vergeblich – das Kleid hatte sich um ihre Beine verheddert und zog sie nach unten.

Sie kämpfte sich zurück an die Wasseroberfläche und schnappte nach Luft, nur um erneut nach unten gezogen zu werden. Sie trat um sich und drehte sich und tat alles in ihrer Macht Stehende, um wieder nach oben zu kommen. Sie schlug mit ihren goldumhüllten Beinen, aber das Kleid klebte unerbittlich an ihnen.

Ihre Lungen brannten. Sie wand sich und versuchte verzweifelt, an den Reißverschluss zu kommen, erreichte ihn aber nicht – der lächerliche Stoff klebte an ihren Beinen wie goldene Gewichte. Sie durchbrach die Wasseroberfläche, schnappte nach Luft und spürte, wie sich ihre Lungen mit Sauerstoff und Wasser füllten, bevor das Meer sie erneut verschluckte.

So, dachte sie reumütig, hatte sie sich ihre letzten Minuten nicht vorgestellt.

Und was war mit der armen Millie?

Nic Corbin riss am Kragen seines gestärkten weißen Hemdes und verließ mit großen Schritten das The Castle und betrat die rückwärtige Terrasse des Hotels. Er ging auf das Geländer zu und atmete tief den Geruch des Meeres ein. Gleich würde er wieder reingehen müssen, um an den Hochzeitsfeierlichkeiten teilzunehmen, die in wenigen Augenblicken beginnen würden. Aber ein paar Minuten blieben ihm noch.

Nic freute sich für Steven, seinen Rodeo-Kumpel vom College, aber er war auch ein kleines bisschen neidisch, weil Steven erreicht hatte, was ihm selbst bisher verwehrt geblieben war. Liebe schien außerhalb Nics Reichweite zu liegen. Er zog stets Frauen mit Problemen und Komplexen an und steckte immer bereits mittendrin, wenn er erkannte, in was für ein Schlamassel er sich erneut manövriert hatte.

Er hatte gerade das Geländer erreicht, als er Schreie vom Strand vernahm. Drei ältere Frauen in hellen Kleidern winkten aufgeregt und sprangen am Ufer auf und ab, als wären sie nicht ganz bei Sinnen. Was mochte sie in solche Erregung versetzt haben? Nic blickte zum Wasser und hielt Ausschau nach Anzeichen von Problemen. Die Abendsonne hinterließ schimmernde Akzente auf dem blauen Wasser und verfing sich plötzlich im goldenen Schwanz einer – einer Meerjungfrau.

Er drehte sich und schnellte umher und plötzlich tauchte auch der Körper der Meerjungfrau auf, ihre Arme schlugen wild umher, bevor sie wieder unter Wasser sank. Sekunden später brach sie erneut durch die Wellen, ihr Körper glänzte golden im Sonnenlicht, langes blondes Haar umfloss sie wie flachsfarbener Seetang… und dann war sie verschwunden.

Die Meerjungfrau steckte in Schwierigkeiten.

Nic sprang über das Geländer der Terrasse, landete mit den Stiefeln voran im Sand und pflügte vorwärts. Er behielt die Stelle im Auge, an der die Meerjungfrau verschwunden war und zog seine Jacke aus, während er rannte. Er ließ sie in den nassen Sand fallen, passierte die hysterischen Frauen, die knöcheltief im Wasser standen und lief weiter. Er stürzte sich in die Brandung, als er sah, dass die blonde Frau in einiger Entfernung wieder auftauchte. Er sah, dass ihre Augen vor Entsetzen geweitet waren. Kaum fähig diesen Anblick zu ertragen, kämpfte er sich weiter voran.

Mit kräftigen Zügen schaffte es Nic zu ihr, bevor

sie wieder unterging. Er streckte eine Hand nach ihr aus und ergriff ihren wild um sich schlagenden Arm. Sie klammerte sich an ihn und schlang den anderen Arm um seinen Nacken und hätte ihn beinahe mit sich nach unten gezogen, als sie darum kämpfte, über Wasser zu bleiben. Ihre dichten blonden Haare bedeckten sein Gesicht und wogten um seine Hände, als er versuchte, die Kontrolle über die Situation zu erlangen.

„Ganz ruhig, Schätzchen. Es ist alles in Ordnung", redete er besänftigend auf sie ein, während er sie von sich löste und sie auf Armeslänge von sich entfernt hielt. Er spürte, wie ihre Verzweiflung etwas nachließ. „Du musst mir etwas Raum lassen, sonst ertrinken wir beide. Ich habe dich."

„Mein Kleid, es ist zu schwer! Ich kann mich nicht bewegen." Sie sah ihn mit riesigen blauen Augen an, die der Farbe des Wassers glichen. Sein Herz setzte einen Schlag aus, nur um dann im Galopp davonzurasen, als eine Welle über ihnen zusammenschlug.

„Millie", keuchte sie und erst da bemerkte er den kleinen Hund, der neben ihnen schwamm und leise japste.

Er schnappte nach Luft und zog die Meerjungfrau an sich. Jeder Nerv in seinem Körper pulsierte voll neuer Kraft, als sie sich an ihn klammerte. Er drehte sich herum und griff nach dem Hündchen, dann hielt er beide fest und schwamm auf dem Rücken liegend und energisch Wasser tretend in Richtung Ufer.

Als sie flaches Wasser erreichten und seine Stiefel den Boden berührten, fühlte er sich so glücklich wie niemals zuvor. Er stand auf, verschränkte die Arme unter den Knien seiner Meerjungfrau und trug sie und ihren Hund aus dem Wasser.

„Lexi, Liebes, ich dachte wir hätten dich verloren", rief der Rotschopf, als er durch die Brandung stapfte. Sie streckte eine Hand aus und legte sie auf den Arm der Meerjungfrau. „Lassen Sie mich Ihnen Millie abnehmen, Sie entzückender, erstaunlicher Mann."

Das Hündchen sprang von ihm zu der rothaarigen Frau, wedelte aufgeregt mit dem Schwanz und winselte glücklich.

Die Meerjungfrau schlang ihre Arme noch fester um seinen Nacken, sodass er spürte, wie ihr Herz an seinem donnerte. Er verstärkte seinen Griff um sie, noch nicht einmal ansatzweise dazu bereit, sie loszulassen…

Nun sprachen auch die anderen Frauen, aber er hörte kaum, was sie sagten. Seine ganze Aufmerksamkeit galt dem Schatz, den er aus dem Meer geborgen hatte.

Der schwere schimmernde Stoff sorgte dafür, dass die Meerjungfrau recht schwer war. Ihr Stoffschwanz baumelte schlaff um ihre Füße herum. Es war kein Wunder, dass sie beinahe ertrunken wäre.

„Ich denke nicht, dass dieses Ungetüm als Badeanzug gedacht war", sagte er gedehnt und hoffte, ihren unregelmäßigen Herzschlag etwas beruhigen zu können. „Du zitterst", sagte er und verlor sich in ihren großen Saphiraugen.

„Du hast mich gerettet", sagte sie leise und starrte ihn an, als wäre er in der Lage, mit einem einzigen Satz über einen Wolkenkratzer zu springen. So wie sie ihn ansah, würde er sich das vielleicht sogar zutrauen.

Er schmunzelte. „Nun ja, Ma'am, das ist es, was wir Texaner tun, wenn wir ein Mädchen in Nöten sehen."

Sie lächelte erschöpft und drückte sanft seine Schulter. „Vielen Dank. Du kannst mich jetzt runterlassen.“

„Whoa, nicht so schnell, ich halte dich so lange, wie du meine Hilfe benötigst.“

„Sie sind ein beeindruckender Schwimmer“, stellte die kräftige Frau mit dem buschigen grauen Haar fest. Sie legte die Hände in die blumengeschmückten Hüften und grinste ihn an. „Mein Pferd hätte sich wahrscheinlich auch nicht schneller voran bewegen können als Sie, als Sie zu den beiden gestürmt sind. Wir können Ihnen gar nicht genug danken. Ich bin Norma Sue.“

„Und ich bin Adela. Sie sind ein Segen Gottes“, sagte die dritte Frau, eine zarte Person mit weisen blauen Augen, die einen auffallenden Kontrast zu ihrem kurzen, schneeweißen Haar bildeten. „Sie sind im perfekten Moment erschienen.“

„Ja, das ist er“, schwärmte die Rothaarige. „Ich heiße Esther Mae und das da ist meine Nichte Lexi Wilcox. Wenn Sie nicht erschienen wären, wäre sie ertrunken. Und dabei sah sie in diesem goldenen Abendkleid so umwerfend aus. Sie hätten sie sehen sollen, als sie losgerannt ist, um meine Millie zu retten.“

„Mir geht es gut. Mein Atem hat sich beruhigt", meldete sich die Meerjungfrau mit bereits etwas festerer Stimme zu Wort. „Du kannst mich jetzt wirklich runterlassen. Mir geht es gut."

„Bist du sicher?", fragte er. Sie war sehr blass und die seidige Haut an ihren Armen fühlte sich kalt an. „Du musst ziemliche Angst gehabt haben."

Esther Mae beugte sich näher zu ihr herüber. „Das stimmt, Lexi. Vielleicht muss er eine Mund-zu-Mund-Beatmung bei dir durchführen oder sonst irgendwas tun."

„Ach sei still, Esther Mae Wilcox", fauchte Norma Sue und schob den Rotschopf mit einem gezielten Schubs ihrer Hüfte aus dem Weg. „Das macht man nur mit Verletzten, die nicht ansprechbar sind."

Nic lachte und Lexi stimmte zittrig mit ein. Er wollte sie nicht loslassen und verstärkte für einen Moment den Griff seiner Arme um ihren Körper, bevor er schließlich nachgab und sie auf ihre Füße stellte. „Bitteschön. Ganz langsam", mahnte er, als sie zu schwanken begann. Seine Hände lagen noch immer auf ihren Armen und stützten sie.

Ein flüchtiges, unsicheres Lächeln tanzte um ihre Lippen und Nic spürte, wie es durch ihn hindurchschwebte wie ein Schmetterling im Wind. Sie war bezaubernd – trotz der in nassen Strähnen herabhängenden Haare und dem ruinierten Kleid. Ihre blauen Augen weckten den Beschützerinstinkt in ihm und ihre zarten blassrosa Lippen zogen immer wieder seine Blicke auf sich.

„Danke." Ihre leisen Worte brachten ihn zurück in die Realität, fort von Gedanken an Küsse im Mondschein.

„Das Ganze war ... verstörend." Sie sah auf ihr ruiniertes Kleid hinunter und zog an dem schimmernden Stoff. Das Kleid hing wie ein ausgeleierter Pullover an ihrer schlanken Gestalt und ergoss sich auf den Sand. „Nein, wenn ich es mir genau überlege, dann ist das *Ding* hier verstörend." Sie rang halb nach Luft, halb lachte sie, dann schoss ihr Kopf plötzlich hoch und sie sah sich entsetzt um. „Die Hochzeitsprobe. Tante E, ich werde zu spät kommen. Ich muss mich umziehen. Kannst du es Tiffany erklären? Aber ohne sie zu beunruhigen", mahnte sie.

Esther Mae riss den Mund auf. „Das würde ich doch nicht wagen", erwiderte sie ohne jede Überzeugungskraft.

Nics Herzschlag hatte sich erneut beschleunigt. „Tiffany ist deine Cousine? Steves Tiffany?"

Esther Maes Mine hellte sich auf – sofern das noch möglich war. „Ja, kennen Sie etwa meine andere Nichte Tiffany und ihren Verlobten Steven?"

Dieser Tag konnte einfach nicht mehr besser werden. Nic wollte sich soeben an seinen Hut fassen, als ihm aufging, dass er diesen wohl an das Meer verloren hatte. „Während der Collegezeit sind wir gemeinsam Rodeos geritten. Ich bin einer seiner Trauzeugen, Nic Corbin. Ich habe die letzte Probe verpasst."

„So ist das also", sagte Esther Mae mit Nachdruck. „Habt ihr das gehört, Nic nimmt auch an der Hochzeitsfeier teil!"

Er richtete seinen Blick auf Lexi, noch immer lag seine eine Hand leicht auf ihrem linken Arm, daher spürte er, dass sie sich plötzlich versteifte.

„Rodeo?" Sie trat einen Schritt zurück. Sie musterte ihn von oben bis unten, nahm erst jetzt sein tropfendes

Hemd, die Jeans und schließlich die ruinierten Straußenlederstiefel wahr. „Du bist ein… ein Cowboy", keuchte sie anklagend. „Mit *Stiefeln*."

Sein Herz zog sich zusammen, als er mit ansah, wie sie sich auf die Lippen biss, die er so gern geküsst hätte und eine Mischung aus Schmerz und Wut in ihre Augen trat.

Ihre Worte trafen ihn bis ins Mark, so als hätte sie ihn beschuldigt, mit seinen Stiefeln Millie gegen den Bordstein getreten zu haben, anstatt sich ins Meer zu stürzen, um sie zu retten. *Was hatte ein Cowboy ihr angetan?* Denn Nic war sich ohne jeden Zweifel darüber im Klaren, dass sie zutiefst verletzt worden war. Anders war dieser Schmerz in ihren unglaublichen Augen nicht zu erklären.

Deutlich vernahm er, wie die drei Damen neben ihm aufstöhnten.

„Ja, das bin ich. Mir gehört die Sandbar Ranch, direkt an der Straße, die aus Corpus hinausführt."

„Sandbar. Mir gefällt der Name Ihrer Ranch", sagte Adela. Sie hob seine Anzugjacke auf und begann, sie abzuwischen, dann hielt sie sie ihm mit einem Lächeln hin.

„Ja", meldete sich nun auch Esther Mae zu Wort und warf Lexi einen besorgten Blick zu. „Es ist der perfekte Name, da sie ja in der Nähe des Meeres liegt, nicht wahr Lexi?"

Er konnte fühlen, wie Lexi sich zurückzog. Sie rieb sich die Arme und er sah, dass sie eine Gänsehaut hatte.

„Zur Ranch gehört ein eigener, langer Strandabschnitt, so sind mein Vater und meine Mutter auf den Namen gekommen." Er beugte sich vor und legte ihr seine Jacke über die Schultern. Er hätte sie gerne umarmt, zog sich stattdessen aber rasch wieder zurück und ließ ihr Raum.

Norma Sue schlug ihm zwischen die Schulterblätter. „Sehr aufmerksam, Nic. Ist er nicht ein Gentleman, Lexi?"

„Ja, danke", sagte Lexi, schwankte auf ihn zu und trat dann wieder zurück, während sie die Jacke fester um sich zog. „Ich… ich muss gehen." Sie drehte sich um und lief über den Strand davon, das Kleid durch den Sand hinter sich herziehend.

Nic war sprachlos. Etwas war hier ganz und gar

nicht in Ordnung.

Esther Mae warf ihm einen entschuldigenden Blick zu und eilte dann seiner Meerjungfrau hinterher. Ihr gelbes zeltartiges Kleid flatterte, als sie den Strand entlanglief.

Norma Sue schlug ihm erneut auf den Rücken. „Nun, das ist ja nicht so gut gelaufen. Ein nichtsnutziger Cowboy bricht ihr das Herz und sie verschließt es für immer."

Das war es also. Nic konnte seinen Blick nicht von Lexi abwenden, als sie im schwindenden Licht des vergehenden Tages über den nassen Sand direkt am Wasser entlanglief. Sein Herz schlug wild; als er sie das erste Mal berührt hatte, war sein Interesse geweckt worden.

Sie mochte keine Cowboys.

Wie typisch für ihn.

Esther Mae kam aufgeregt zurückgetrampelt.

„Meine Damen, wenn Sie mich entschuldigen würden, ich muss mir dringend etwas Trockenes anziehen…"

„Wir müssen etwas tun", sagte Esther Mae zu ihren

Freundinnen.

Alle drei betrachteten ihn konzentriert. „Ist alles in Ordnung?"

„Sind Sie mit jemandem zusammen?", fragte Esther Mae.

„Nein, Ma'am. Im Moment nicht."

„Perfekt." Sie klatschte in die Hände und ihr Gesicht leuchtete auf. „Sie könnten genau der richtige Cowboy sein, der meiner Lexi dabei hilft, wieder in den Sattel zu steigen."

Norma Sue nickte. „Ich glaube, sie hat recht."

Er war sich nicht sicher, was er von der plötzlichen Wendung der Ereignisse halten sollte. Außerdem hatte er sich noch nicht von seiner Reaktion auf Lexi – und ihrer auf ihn – erholt, trotzdem lächelte er vorsichtig.

„Meine Damen, ich denke, das ist etwas, das Lexi entscheiden muss", sagte er gedehnt, nur um mitanzusehen, wie sie alle drei den Mut zu verlieren schienen. „Ich kann sehen, dass Sie Lexi lieben. Sie kann sich glücklich schätzen, Sie an ihrer Seite zu haben. Insbesondere nach dem Schlechten, dass ihr offenbar widerfahren ist. Aber wie es scheint, ist sie sehr stark. Sie wird ihren Weg gehen." Er versprach, dass man sich auf der Party sehen würde und dann machte er sich auf den Weg zum Hotel, um sich umzuziehen.

Seine Stiefel quietschten von all dem Wasser und seine sandigen Klamotten kratzten und klebten feucht an ihm, doch sein Herz fühlte sich so leicht an, wie schon lange nicht mehr. Dieses Wochenende, vor dem er sich seit Monaten gefürchtet hatte, hatte sich ganz plötzlich und unerwartet viel besser entwickelt als angenommen.

Denn Lexi Wilcox... die schönste Meerjungfrau, die er sich hätte vorstellen können, war überraschend in sein Leben geschwommen und sie würde ebenfalls an den Hochzeitsfeierlichkeiten teilnehmen.

Und das änderte alles.

Lächelnd stieg er die Stufen zum The Castle hinauf und fragte sich, welch anderen unerwarteten Überraschungen diese Nacht wohl noch bereithalten würde...

CHAPTER ZWEI

„Nein, nein, nein", murmelte Lexi, während ihr Herz *Ja, Ja, Ja* jubelte!

Nic Corbin war einfach umwerfend.

Umwerfend.

Aber er war ein Cowboy. Hatte sie bereits vergessen, dass es ein Cowboy gewesen war, der sie am Altar hatte stehen lassen? Ein Stiefel tragender, gedehnt sprechender, Süßholz raspelnder Cowboy, der ihr Herz in klitzekleine Stücke zerbrochen hatte. Hatte sie bereits vergessen, dass sie Cowboys nicht länger traute?

Aber er war einfach so hinreißend.

Und er war geradewegs ins Wasser gerannt und hatte sie und die arme Millie gerettet und dabei seine Stiefel ruiniert. Sie wusste, dass Stiefel aus Straußenleder, so wie die, die er getragen hatte, sehr teuer waren. Und doch hatte er keinen Gedanken an sie verschwendet, bevor er abgetaucht war, um ihr und dem Hund zu Hilfe zu kommen.

Er war ein netter Kerl.

Und *trotzdem* nach wie vor ein Cowboy. Ihr Herz sollte ganz einfach von den unsinnigen Gedanken und dem Jubeln Abstand nehmen, denn es gab nur eine Sache, der sie noch weniger traute als Cowboys.

Und das war ihr Herz.

Sie war froh, als sie ihren winzigen Bungalow erreichte. Er lag direkt hinter der Promenade, an der sich ihr Bistro befand und war nur etwa drei Fußballfelder weit vom Hotel entfernt. Seine Lage hatte sich als äußerst praktisch erwiesen, befand er sich doch in unmittelbarer Nähe ihres Geschäfts und des Strandes sowie inmitten eines gut frequentierten lokalen Hotspots. An diesem Abend bot er ihr den perfekten Ort für einen raschen Rückzug und das Unterfangen, zumindest den Anschein von innerer Ruhe wiederherzustellen.

Ihre Haut kribbelte immer noch an den Stellen, die Nic berührt hatte. Ihr Herz begann sofort zu rasen, wenn sie daran dachte, wie er sie angesehen hatte – nein. *Nein,* das kam sicher von dem Adrenalin, das sich immer noch in ihrem Blutkreislauf befand, weil sie beinahe ertrunken wäre.

Und alles nur wegen dieses schrecklichen Kleides. Sie zog die Vorhänge zu und riss sich das elende Ungetüm an Ort und Stelle in der Küche vom Leib. Anschließend trat sie es mit dem Fuß in eine Ecke des Raumes.

Sie eilte ins Schlafzimmer, duschte kurz und machte sich dann daran, ihr langes, dichtes Haar zu trocknen und etwas herauszusuchen, das sie zur Party tragen konnte. Es gelang ihr kaum, sich darauf zu fokussieren, dass sich an diesem Abend alles um Tiffany drehen würde. Sie versuchte, die Tatsache zu ignorieren, dass ihr Kopf von einem anhaltenden Summen erfüllt wurde und sagte sich, dass das von all dem Salzwasser kommen musste, dass sie nur eine

Stunde zuvor in der Bucht geschluckt hatte und nicht das erwartungsvolle Summen der Antizipation war.

Sie wollte sich nicht darauf freuen, einen gewissen Cowboy wiederzusehen.

Aber hörte sie auf ihre eigenen Vorsätze? Nein.

Nein, das tat sie nicht…

Nic stand neben Tiffany, Steven und mehreren Hochzeitsgästen; die Unterhaltung drehte sich um verschiedene Pläne für die Flitterwochen. Er gab sich Mühe, dem Gespräch zu folgen, aber immer wieder machten Gedanken an Lexi dieses Vorhaben zunichte.

Jetzt da er wusste, dass Tiffany und Lexi Cousinen waren, erkannte er die Ähnlichkeit zwischen den beiden. Beide waren gertenschlank und blond, waren von feingliedriger Schönheit und hatten ein Lächeln wie Carrie Underwood und riesige pazifikblaue Augen – nicht, dass er gewusst hätte, welche Augenfarbe Carrie hatte, aber die blonden Haare und der Körperbau ähnelten einander. Und doch war es Tiffanys Augen oder Carries Lächeln nicht gelungen, ihn so zu treffen wie ein Blick in Lexis Augen, der sämtliche Gedanken aus seinem Gehirn verdrängt hatte.

Eineinhalb Stunden waren vergangen und er war immer noch erschüttert von seiner Reaktion auf sie. Er zog in Betracht, dass es vielleicht damit zusammenhing, unter welchen Umständen sie sich kennengelernt hatten – schließlich rettete er nicht jeden Tag jemandem das Leben.

Noch einmal ließ er auf der Suche nach Lexi seinen Blick durch die Menge schweifen, nur um Norma Sue und Esther Mae erneut dabei zu ertappen, wie sie ihn beobachteten. Er schenkte ihnen ein weiteres Lächeln. Sie machten ihn ein wenig nervös. Er zog an seinem Kragen und bewegte sich ein Stück zur Seite, so dass Steven ihm den Blick auf die Frauen versperrte.

Tiffany stupste ihm sanft mit dem Ellbogen gegen den Arm und beugte sich vor. „Ich hätte dich vielleicht warnen sollen, dass die Kupplerinnen dich ins Auge gefasst haben."

„Die Kupplerinnen?", fragte er.

Steven lachte und legte einen Arm um Tiffanys Taille. „Er hat keine Ahnung, wovon du sprichst, Tiff."

Sie kicherte. „Ich rede von meiner lieben rothaarigen Tante und ihren Freundinnen beziehungsweise Komplizinnen. Gemeinsam sind sie bekannt als die Kupplerinnen von Mule Hollow. Sie haben auch dazu beigetragen, dass wir zusammengekommen sind." Sie sah Steven verliebt an und küsste ihn auf die Wange. „Und wir könnten nicht glücklicher sein. Aber ich kann dir sagen, das war nicht immer so."

Tatsächlich hatte Nic gehört, dass sich einige ältere Damen in die Beziehung der beiden eingemischt hatten. „Man nennt sie tatsächlich so?"

„Oh ja." Steven wies mit dem Kopf zu dem Tisch, an dem lauter ältere Damen saßen, die anscheinend in eine angeregte Diskussion vertieft waren. „Die drei Damen sind ein bisschen speziell und du solltest dich wohl besser in Acht nehmen, Kumpel. Apropos, wann triffst du dich mal wieder mit einer Frau? Es ist an der Zeit, Kumpel."

„Ich habe es nicht eilig." Bis zu diesem Nachmittag hatte er nicht einmal an Frauen gedacht – nicht nach den Dating-Katastrophen, die er zuletzt erlebt hatte. Nun bekam er eine bestimmte Meerjungfrau nicht mehr aus dem Kopf.

„Oh, Lexi ist endlich eingetroffen", sagte Tiffany und winkte aufgeregt in Richtung des Eingangs. Dieser befand sich etwas erhöht, sodass man den Festsaal betrat, in dem man mehrere Stufen hinabstieg.

Augenblicklich spürte Nic, wie sich ein Knoten in seinem Magen bildete. Sein Atem stockte, als er Lexi auf dem Absatz stehen und in ihre Richtung blicken sah. Sie war eine Erscheinung in dem eisblauen Kleid, das ihr bis knapp über die Knie reichte und ihre Beine umspielte, als sie die Stufen herabschritt. Anders als das goldene Kleid, das sich an jede ihrer Kurven geschmiegt hatte, umfloss sie dieses Kleid geradezu und umwogte mit hauchzartem Stoff ihre Beine. Er hätte selbst dann nicht seinen Blick von ihr abwenden können, wenn er in Gefahr gewesen wäre, von einem Rindertransporter überfahren zu werden.

„Nur um das klarzustellen, für einen Cowboy hast du dich gut angestellt", sagte Steven. „Lexis Leben zu retten könnte dich über die Hindernisse 1 bis 5 auf dem Weg zu ihr gebracht haben."

„Hindernisse?", fragte Nic abwesend. Seine ganze Aufmerksamkeit galt Lexi, die sich durch den Raum schlängelte und hier und dort stehenblieb, um mit jemandem zu sprechen. Sie war wunderschön und an dem Lächeln auf ihrem Gesicht war nichts Falsches. Das gefiel ihm. Es gefiel ihm sogar sehr gut, denn er hatte Frauen, die einem nur etwas vorspielten, unglaublich satt.

Steven lachte. „Eigentlich ist es ganz einfach. Lexi hat fünf Regeln, die gleichermaßen für ihr Leben wie fürs Dating gelten. Und diese fünf Regeln sind: keine Cowboys, keine Cowboys, keine Cowboys, keine Cowboys und…-"

„Keine Cowboys", beendete Nic den Satz für ihn, als er verstand, worauf Steven hinauswollte. Er hatte gehört, was Norma Sue über den Cowboy gesagt hatte, der Lexis Herz gebrochen hatte, sodass sie es verschlossen hatte. Aber – und bei dem Gedanken sank sein Mut – der Ausdruck in ihren Augen, als sie seine Stiefel entdeckt hatte, ergab jetzt einen Sinn. Es war nicht so, dass sie grundsätzlich aufgehört hatte, sich mit

Männern zu verabreden, nachdem ein Cowboy sie verletzt hatte – nein, sie hatte nur aufgehört, sich mit *Cowboys* zu verabreden.

Er sah Tiffany fragend an.

Sie zwinkerte ihm zu. „Ein guter Cowboy wirft doch nicht so schnell die Flinte ins Korn, oder Nic?"

Er lachte erleichtert. „Nein, Ma'am." Was hatte dieser Cowboy nur getan, um sie so gegen alle Cowboys einzunehmen?

Als Nic erneut einen Blick auf dieses erstaunliche Augenpaar warf, verstand er, dass es keine Rolle spielte, was immer es auch gewesen sein mochte. Einer Sache war Nic sich absolut sicher: Er besaß die Entschlossenheit von zwanzig Männern und er war Herausforderungen gegenüber nicht abgeneigt.

Steven stupste ihn an und hob fragend eine Braue. „Also Kumpel, wann fängst du wieder an, dich mit Frauen zu verabreden?"

„Nach den letzten beiden Fiaskos habe ich mich wohl etwas zurückgenommen."

„Aus gutem Grund", sagte Tiffany und lächelte ihn

dann neckend an. „Weißt du, bei deinem Pech mit Frauen ist eine Gruppe von Kupplerinnen, die eine Frau für dich auswählt, vielleicht gar keine so schlechte Sache."

Lexi erreichte ihr kleines Grüppchen und Tiffany zog sie an sich und umarmte sie fest. Über Lexis Schulter hinweg sah sie ihn an. „Ich bin so froh, dass es dir gut geht", sagte sie zu Lexi und ließ sie nach einem Moment los. „Wir haben Nic gerade gedankt, er ist ein wahrer Held."

Lexi sah etwas unbehaglich drein. „Nochmals vielen Dank." Sie lächelte, was ihm abermals den Atem verschlug.

Nic hatte mit seinen achtundzwanzig Jahren schon viele Frauen kennengelernt, aber noch nie hatte eine einen solchen Eindruck auf ihn gemacht. „Du siehst wunderschön aus", platzte er heraus und fühlte sich mit einem Mal ganz unbeholfen.

Sie grinste. „Dieses Kleid ist nicht ganz so förmlich, wie Tiff es gern gehabt hätte, aber immerhin ist es kein Attentäter und wartet darauf, mich auszuschalten.“

„Mit dem goldenen Meerjungfrauenkleid warst du wirklich schlecht bedient. Ich hätte nicht gedacht, dass Kleider so gefährlich sein können.“

Tiffany legte einen Arm um Lexis Taille und umarmte sie leicht. „Das ist meine Schuld! Wir waren einkaufen und ich habe sie zu dem Kleid überredet. Sie selbst hätte sich niemals etwas so Auffälliges gekauft, wenn ich das nicht getan hätte. Lexis Stil ist viel lässiger. Glamourös wie dieses Kleid hier, aber nicht ganz so auffällig. Und du hast recht, Nic, ich wette, sie sah aus wie eine Meerjungfrau.“

Bei diesen Worten musste Nic grinsen. „Zuerst dachte ich, ich bilde mir das alles ein und dann taucht sie auf einmal mit all ihren blonden Haaren aus dem Wasser auf. Ich war froh, dass du echt warst und dann bin ich zum Glück endlich in die Gänge gekommen und zu dir gelaufen.“ Sie starrte ihn an, blinzelte und nickte dann, als wäre sie für einen Moment sprachlos.

Es juckte ihn in den Fingern, mit seinen Händen durch ihre dichte Mähne zu streichen. Er nahm eine

Haarsträhne auf und rieb sie sanft zwischen den Fingern. Sie fühlte sich an wie reine Seide. „Also bist du wirklich echt."

Steven räusperte sich und Nic ließ Lexis Haare fallen, als wären es heiße Kohlen. Was war nur in ihn gefahren?

Er musste daran denken, wie sich ihr dichtes Haar in seinen Händen angefühlt hatte, als er im Wasser nach ihr gegriffen hatte. Und wie es sein Gesicht bedeckt hatte, als er sie an sich gezogen hatte. Er verdrängte diese Gedanken und konzentrierte sich. „Also Lexi, was machst du so?"

Sie atmete tief ein, so als hätte sie den Atem angehalten. „Ich leite das Sunflower Bistro am Strand."

„Ein Bistro, soso. Sind Cowboys dann und wann zum Mittagessen willkommen?", fragte er. Als sie zögerte, hob er fragend eine Braue.

„Ab und zu sind ein paar Cowboys am Strand. Aber wir servieren nicht gerade häufig Steaks."

„Nicht alle Cowboys essen mittags Steak."

Ihre Augen flackerten, dann wandte sie den Blick

ab. „Die meisten tun es. Ich befürchte, ich weiß das eine oder andere über Cowboys", sagte sie herausfordernd und bewies, dass Steven recht gehabt hatte.

Nic mochte es nicht, wenn man ihn an einem Stereotyp maß. „Nicht alle Cowboys sind gleich, weißt du. Einige von uns haben sogar was im Kopf", sagte nun er herausfordernd und spürte, dass er so verärgert war wie schon lange nicht mehr. Wenn er den Cowboy aufspüren könnte, der für den Ausdruck in Lexis Augen verantwortlich war, dann würde er ihn mit einem Seil fesseln und an ein durchgehendes Wildpferd binden.

Lexis Herz donnerte unkontrolliert, als sie sich in Nics Blick verlor. Sie schluckte. Was war nur los mit ihr? Sie hatte ihn verärgert.

Das war gut, denn sie selbst war auch verärgert – darüber, dass sie von diesem Mann angezogen wurde wie eine Motte vom Feuer. Motten und Feuer waren keine gute Kombination, insbesondere für die Motte nicht. Sie zog immer den Kürzeren.

Sie bemühte sich darum, sich etwas zu beruhigen und lächelte Nic an. Er hatte sie schließlich gerettet. Er hatte es verdient, dass sie nett zu ihm war – trotzdem er ein Cowboy war. „Entschuldige, ich wollte nicht andeuten…"

„Ist schon okay." Seine Lippen verzogen sich zu einem einseitigen Lächeln, aber die Spannung zwischen ihnen blieb bestehen. „Geht es dir gut? Du hast nicht zu viel Salzwasser geschluckt?"

Oh, dieses Lächeln richtete ein paar komische Dinge in ihrem Inneren an. „Mir geht es gut, dank dir. Es ist wirklich peinlich. Ich kann schwimmen, aber dieses Kleid…"

„Ich beschwere mich nicht." Er lachte heiser. „Auch wenn es mir lieber wäre, du wärst nicht in Schwierigkeiten geraten, so hat das Kleid doch dafür gesorgt, dass ich dich etwas eher kennengelernt habe."

„Ich bin froh, dass ich dir den Tag versüßen konnte", witzelte sie. Was konnte sie sonst noch sagen? *Ich liebe dein Lachen und deine Augen sind unglaublich.*

Argh! Ja, alles andere trat in den Hintergrund, wenn er lachte. Das Geräusch, das dabei entstand war so tief wie seine Augen braun waren. *Oh mein Gott* – Lexi spürte plötzlich, dass sie Kopfschmerzen bekam.

„Hey, lasst uns mal etwas Schwung in diese Party bringen." Steven stupste Nic an und nahm Tiffanys Hand. „Ich werde jetzt mit meiner Zukünftigen tanzen. Ihr zwei kommt mit."

Mit diesen Worten zog Steven Tiffany mit sich auf die Tanzfläche, als die Band begann, ein bekanntes Stück von Alan Jackson zu spielen. Nic lächelte und sah sie dann an. „Kommst du mit?"

„Nein. Ich denke nicht. Ich finde, ich hatte genug Aufregung für diesen Tag."

„Feige?", forderte Nic sie heraus.

„Du bist unmöglich", sagte sie nur halb im Spaß.

Sein Lächeln wurde noch etwas breiter und seine Augen sahen sie sanft an. „Tanz mit mir, Lexi." Er streckte seine Hand in ihre Richtung aus, die Handfläche nach oben gerichtet.

Sie wollte sich weigern, legte dann aber doch ihre

Hand in seine! Sofort schoss ein Kribbeln durch sie hindurch und wirbelte durch ihren ganzen Körper.

„Das ist mein Mädchen", sagte er so beruhigend wie vorher im Wasser. Sein Tonfall sorgte dafür, dass alles in ihr ganz weich wurde.

Sie öffnete trotzdem den Mund, um ihm mitzuteilen, dass sie nicht sein Mädchen war. Dass sie gar nicht mit ihm hatte tanzen wollen. Doch dann umfasste er sie mit seinen Armen und alle zusammenhängenden Gedanken waren wie fortgeblasen, als ihre Füße begannen, seinen führenden Schritten zu folgen…

CHAPTER DREI

Lexi hatte nicht geplant, sich an diesem Tag noch einmal in Nics muskulösen Armen wiederzufinden und mit ihm unter sanft glühenden Lichtern zu tanzen, als sie zur Hochzeitsparty gekommen war.

Und doch tat sie nun genau das; ihre eine Hand lag warm in seiner, die andere ruhte auf seiner kräftigen Schulter und ihre Nase streifte beinahe sein Kinn, als sie sich im Rhythmus der Country-Musik gemeinsam bewegten.

„Du bist gut. Wir machen Steven und Tiffany

Konkurrenz." Sein warmer Atem an ihrem Ohr sorgte dafür, dass ihr ein köstlicher Schauer über die Haut fuhr.

Zunächst wollte sie diese Empfindung ignorieren, aber… es gab Momente, die einem Leben ihren Stempel aufdrückten: dass Nic sie gerettet hatte und dieser Tanz gehörten zu diesen Momenten. Als er ihr aus dem Wasser geholfen hatte, hatte er ihr das Leben gerettet und dieser Tanz bedeutete auch etwas, auch wenn ihr nicht klar war, was.

Er war besonders und gefährlich zugleich.

Ihre Alarmglocken schrillten, als er den Rhythmus vorgab und sie seiner Führung folgte. Ihr ganzer Körper war in Aufruhr.

„Du machst das nicht zum ersten Mal." Er sah zu ihr herunter.

Er hielt sie in respektablem Abstand. Konnte er fühlen, wie ihr Herz im Takt der Band schlug?

„Ich habe einen Großteil meiner Jugend auf der Tanzfläche verbracht", gab sie zu.

„Das habe ich auch getan."

Ihre Nerven waren drauf und dran, mit ihr durchzugehen. „Also, Nic Corbin, woher kennst du

Steven?“

Er wirbelte sie langsam herum, ihr Magen machte einen Satz und sie musste lachen. Er zog sie zu sich zurück und sie stieß mit ihm zusammen, als sie ein paar weitere Schritte gemeinsam machten. Sie lachte.

„Wir waren beide im College-Rodeo-Team in Lubbock“, beantwortete Nic ihre Frage. „Nach dem Abschluss konzentrierte Steven sich auf den Einzug ins NFR-Finale.“

„Wolltest du nicht zum NFR?“ Lance hatte für das Rodeo gelebt, die National Finals im Rodeo waren in seinem Kopf immer an erster Stelle gekommen. Schlussendlich hatte er sie am Altar stehen lassen. Er hatte gemeint, dass ihn eine Heirat zu sehr festlegen und ihn daran hindern würde, die nötigen Qualifikationspunkte für ein Erreichen des Finales zu bekommen.

„Ich nicht, nein. Ich bin nach Hause zurückgekehrt und habe die Leitung der Sandbar Ranch übernommen. Nicht alle Cowboys sind unsterblich ins Rodeo verliebt.“

Nic sah ihr tief in die Augen und sie verpasste einen

Takt und trat ihm auf den Fuß. „Tut mir leid." Sie konnte nicht denken, wenn er sie so ansah.

„Kein Problem." Seine Augen funkelten.

„Du liebst also deine Ranch?" Sie versuchte nicht daran zu denken, dass seine Hand von ihrer Taille in die Mitte ihres Rückens glitt und sich seine Berührung noch mehr nach einer Umarmung anfühlte.

„Ja, außerdem hatte mein Vater einen Herzinfarkt, als ich das dritte Jahr am College war. Er brauchte mich. Und selbst wenn das anders gewesen wäre, ich war begierig darauf, das Gelernte auf der Ranch einzubringen und das fortzuführen, was mein Vater geschaffen hatte."

„Oh", sagte sie und dachte an ihren eigenen Vater und die Ranch, die sie hinter sich gelassen hatte – die Ranch, in die sie selbst nichts eingebracht hatte. Sie hatte ihren Vater verlassen, genauso wie Lance sie verlassen hatte. Sie schob diesen Gedanken beiseite. Sie hatte ein eigenes Leben, um das sie sich sorgen musste. „Wo liegt denn nun die Sandbar Ranch?"

„Aransas Pass. Ungefähr dreißig Kilometer von hier entfernt."

„So nah?" Sie hatte vergessen, dass er gesagt hatte, dass sie ganz in der Nähe liegen würde, als sie sich am Strand unterhalten hatten. Jetzt fiel ihr wieder ein, dass er auch gesagt hatte, dass zu seiner Ranch ein eigener Strandabschnitt gehörte. Bei all der Aufregung war es ein Wunder, dass sie sich an ein einziges Wort von dem erinnerte, was er gesagt hatte.

„Ja, es ist ganz in der Nähe. Du musst unbedingt mal rauskommen und mit mir reiten gehen."

Sie trat ihm erneut auf den Fuß. „Tut mir leid."

Seine Augen kräuselten sich an den Rändern. „Ist schon in Ordnung. Also zurück zum zu mir kommen und gemeinsam ausreiten. Es ist kein Problem, wenn du nicht reiten kannst, ich bin ein recht guter Lehrer."

„Nein, ich meine, ja – ich kann reiten. Ich meine, ich bin früher geritten. Jetzt tue ich das nicht mehr." *Reiß dich zusammen, Lexi.*

Er unterbrach den Tanz und musterte sie eindringlich. „Was ist passiert? Warum reitest du nicht mehr?"

Ihr Magen absolvierte einen perfekten Salto um dreihundertsechzig Grad. „Mein…" Sie fing sich wider, bevor ihr etwas noch Persönlicheres herausrutschte. Sie wollte Nic keine weiteren Einzelheiten ihres Lebens anvertrauen. „Machst du das mit allen Frauen, die du kennenlernst?" Die Frage war ihr entschlüpft, bevor sie sich versah.

„Was meinst du?"

„Dich an ihrer Verteidigung vorbeischwatzen."

Er zog sie ein wenig näher zu sich. „Ist es das, was ich tue? Ich dachte, ich würde nur Interesse zeigen. Ich würde gern wissen, wie du tickst, Lexi Wilcox."

Sie schluckte und suchte nach einer sinnvollen Erwiderung. Aber er hatte sie aus der Fassung gebracht.

Er wählte genau diesen Moment, um sie dreimal im Kreis zu drehen, ein Manöver, bei dem sie sich sowohl beschwingt fühlte als auch das Bedürfnis verspürte, sich an ihn zu klammern.

Ihr Herz war drauf und dran, den Platz ihres gesunden Menschenverstandes einzunehmen.

Das Stück war zu Ende und Lexi stellte fest, dass sie in ihrem ganzen Leben noch nie glücklicher über etwas gewesen war. „Danke, ich, ich muss zu meiner…", alle ihre Gedanken waren wie fortgeblasen.

„…meiner Tante."

Lexi zog ihre Hand aus seiner und verließ fluchtartig die Tanzfläche.

Sie hatte es bereits vermutet und nun hatten sich ihre Befürchtungen bestätigt, Nic könnte ihr gefährlich werden. Sie spürte, wie ihre Wangen erröteten und war sicher, dass ihre Haut in einem beschämenden Fuchsia-Ton glühte.

Sie musste sich von ihm fernhalten.

Wenn ihre Tante und deren Komplizinnen auch nur das leiseste Anzeichen dafür entdeckten, dass sie sich zu ihm hingezogen fühlte, würden sie Toast aus ihr machen.

Einen ausgezeichneten, buttrigen Erdbeermarmeladentoast.

Nic sah zu, wie Lexi floh. Was hatte er gesagt?

Es hatte sich erstaunlich angefühlt, mit ihr zu tanzen. Er hatte mehr über sie in Erfahrung bringen wollen und war nun faszinierter von ihr als zuvor.

Was hatte dieser Cowboy ihr angetan, dass sie nun

so vor ihm davonlief?

Soweit Nic das beurteilen konnte, war die Party ein voller Erfolg. Um ihn herum wurde überall gelacht, geredet und getanzt. Er beobachtete, wie sein Freund Vance Presley, der ebenfalls Trauzeuge sein würde, mit einer der Brautjungfern den Jitter Bug tanzte. Sie waren gut und die Menge bildete einen Kreis um die beiden, die sich zur schnellen Musik hin- und herdrehten. Vance stammte aus Ransom Creek, einer kleinen texanischen Stadt im Einzugsgebiet von Fort Worth und Dallas. Der Cowboy wusste, wie man tanzte!

„Vance scheint sich gut zu amüsieren, oder?", fragte Steven und kam an Nics Seite.

„Ich wette, er ist froh, am Wochenende mal etwas Dampf ablassen zu können, wenn man bedenkt, unter was für einem Druck er wegen der anstehenden Meisterschaften steht", sagte Nic und war froh darüber, dass es Vance war und nicht er selbst, der sich mit dem Rampenlicht auseinandersetzen musste, das damit und mit den Titeln, die er bereits gewonnen hatte, einherging.

Steven legte eine Hand auf Nics Schulter. „Ich bin

überglücklich, dass ihr es beide einrichten konntet, zu meiner Hochzeit zu kommen."

„Für mich war es sehr viel einfacher als für Vance, aber ich hätte mir das Alles hier auf keinen Fall entgehen lassen, Kumpel." Nic hatte einen anderen Weg gewählt als Steven und Vance, einen ruhigeren, entspannteren Weg, fügte er im Stillen hinzu. Er hatte es nie bereut. Sowohl Steven als auch Vance hatten Verpflichtungen ihren Sponsoren gegenüber und unglaubliche Wettkampfpläne. „Ich bin zwar kein Partytier, aber ich muss zugeben, dass ich mich gut amüsiere."

Steven lachte und nickte zu Lexi hinüber. Sie stand bei Esther Mae, Norma Sue und Adela. „Wenn das so ist, warum stehst du dann hier so ganz alleine? Du solltest zu ihr hinübergehen. Sie bitten, noch einmal mit dir zu tanzen."

„Und du solltest deine Verlobte suchen gehen und Vance zeigen, wie man richtig tanzt."

„Sobald sie etwas zu Atem gekommen ist, werden wir genau das tun. Apropos, da ist sie. Wir sehen uns."

Nic lächelte und freute sich für Steven und Tiffany.

Er sah wieder zu Lexi hinüber und bemerkte, dass sie ihn beobachtete. Er nickte und tippte sich an den Rand seines Hutes. Sofort sah sie in eine andere Richtung. Aber sein Blick traf den von Esther Mae. Sie zwinkerte ihm zu und lächelte breit. Er hatte Verbündete gefunden, dessen war er sich sicher.

Esther Mae winkte ihn zu sich herüber. Als er auf ihre Einladung einging, sah er Lexis angespannten Gesichtsausdruck.

„Setzen Sie sich doch hierher zu uns", drängte ihn Esther Mae und klopfte auf den Stuhl neben sich. „Erzählen Sie uns doch etwas über Ihre Ranch. Lexi hat uns bereits berichtet, dass es sich um eine Familienranch handelt und dass Sie sie seit Ihrem College-Abschluss führen."

„Ja, Ma'am." Ihm wurde klar, warum Lexi so angespannt ausgesehen hatte – sie hatten sie wegen ihm in die Zange genommen. „Die Ranch befindet sich bereits seit über vierzig Jahren im Familienbesitz. Wir betreiben Viehzucht, züchten American Quarter Horses und bieten Ausritte an. Außerdem haben wir auch einen Pavillon, den wir für Events vermieten – Hochzeiten,

Versammlungen und solche Dinge."

„Oh, das hört sich ja interessant an", sagte Adela. „Sie müssen uns mehr darüber erzählen. Kümmern Sie sich selbst um das Catering bei den Veranstaltungen?"

Er sah zu Lexi hinüber und bemerkte, dass sie ihn aufmerksam ansah.

„Witzig, dass Sie fragen. Tatsächlich haben wir darüber nachgedacht, ob wir ein Catering anbieten sollten, sind aber noch nicht zu einer Entscheidung gekommen. Im Moment stellen wir nur die Örtlichkeit und die Leute kümmern sich selbst um einen Caterer, wenn sie das wünschen."

„Lexi, ist das nicht interessant?" Norma Sue sah von ihm zu Lexi.

„Unsere Lexi ist ein Ranch-Mädchen", fügte Esther Mae hinzu.

„*War* ein Ranch-Mädchen. Ich habe einen anderen Weg eingeschlagen." Lexi warf ihrer Tante einen vielsagenden Blick zu.

Esther Mae sah ihn an, die Stirn leicht in Falten gelegt. „Norma Sue, Adela, wisst ihr noch, als sie ein kleines Mädchen war? Es war nicht möglich, sie vom

Pferd zu bekommen und wenn es um ihr Leben gegangen wäre!“

„Du schienst es zu lieben“, fügte nun auch Adela hinzu. „Nichtsdestotrotz, Menschen ändern sich, Esther Mae. Unsere Lexi ist hier am Strand richtig aufgeblüht. Schau die diese Bräune an und das Bistro ist einfach wunderbar. Sie müssen unbedingt vorbeischauen und es ausprobieren, Nic. Es liegt direkt am Strand. Alles, was sie kreiert, ist köstlich.“

Lexis Augen erwärmten sich bei ihrem Lob. „Danke, Adela.“

Man musste kein Genie sein, um zu erkennen, dass sie ihren Beruf liebte. „Ich komme gern mal vorbei. Ich bin häufig in Corpus, wissen Sie? Ich liebe das Wasser und angele gern. Man weiß vorher nie, was man herauszieht.“

„Du angelst?“, fragte sie und sah aus, als hätte er ihr soeben mitgeteilt, dass er aus dem Weltraum gekommen sei.

„Klar, ich liebe es, meinen Haken in die Brandung zu werfen.“

Sie wirkte skeptisch. „Wonach angelst du denn?“

„Am liebsten angele ich Tarpune."

„Was ist ein Tarpun?", wollte Norma Sue wissen.

„Ich mag den Sand, aber ich bin mehr der Rindfleisch-als der Fischtyp."

„Tarpune zu angeln ist eine Herausforderung. Sie sind nur schwer an den Haken zu bekommen und noch schwerer an Land zu holen. Und im Gegensatz zu Lexi heute sind sie nicht goldfarben, wenn das Licht auf sie scheint, sondern silbern." Er sah Lexi an. „Aber ich liebe Herausforderungen."

Sie ignorierte seine Andeutung. „Neben der Arbeit auf der Ranch hast du bestimmt nicht viel Zeit für anderes."

„Ich nehme mir die Zeit. Ich arbeite hart, bin aber der Meinung, dass mehr als nur Arbeit zum Leben gehört."

Sie sah aus, als könnte sie sich kein klares Bild von ihm machen. „Als ich heranwuchs, hat mein Vater stets von Sonnenaufgang bis Sonnenuntergang gearbeitet", fügte er hinzu.

„Das tat meiner auch. Bis er einen Herzinfarkt hatte. Das hat uns anderen dabei geholfen, zu erkennen, was wirklich im Leben zählt."

„Arbeitet dein Vater immer noch so viel?"

„Er hat seine Ranch vor einigen Jahren verloren. All die harte Arbeit war umsonst."

Ihre Worte waren bitter.

Esther Mae tätschelte ihre Hand. „Aber er hat es geliebt, als er mittendrin steckte."

Lexi stand auf. „Ja, das hat er." Ein Schatten glitt über ihr Gesicht. Offenbar hatten die Frauen einen wunden Punkt getroffen. „Ich gehe mal schauen, ob ich Tiffany bei irgendetwas helfen kann." Sie nickte ihm zu und ging davon.

„Unsere Lexi ist wunderschön."

„Ja, Ma'am, das ist sie."

Die drei Frauen grinsten ihn an, als er endlich seinen Blick von der davoneilenden Lexi löste. „Nun, wie lange bleiben Sie denn noch in der Stadt?", fragte er, nachdem er beschlossen hatte, dass es besser wäre, das Thema zu wechseln.

„Bis morgen Abend", sagte Esther Mae. „Wir haben etwas zusätzliche Zeit eingeplant, damit wir noch bei Lexi im Bistro vorbeischauen können."

Norma Sue trommelte den Beat der Randy Rogers Band auf den Tisch. „Wir lieben Mule Hollow, aber es ist ein wahrer Genuss, an diesem fantastischen Ort zu sein. Erzählen Sie uns doch noch etwas über Ihre Ranch. Was für eine Rinderrasse züchten Sie denn?"

Er verbrachte einige Zeit mit den drei Damen und erzählte ihnen von seiner Ranch in Aransas Pass. Er fand die Frauen sehr vergnüglich. Seine eigenen Tanten würden die drei sofort ins Herz schließen und es kam ihm beinahe so vor, als würde er sie bereits seit Jahren kennen. Sie erzählten ihm lustige Anekdoten über ihre kleine Stadt, die sie liebten und er nahm sich vor, dort einmal vorbeizuschauen. Er hatte von einigen Ranches dort gehört. Clint Matlocks große Farm war in ganz Texas bekannt, ebenso wie einige andere. Sie stand in direkter Konkurrenz zur Farm von Vance Presleys Familie in Ransom Creek, die sich im angrenzenden County befand. Er selbst belieferte beide Ranches mit Quarter Horse Fohlen und Rindern.

„Sie sollten aufstehen und noch einmal tanzen", sagte Adela nach ein paar Minuten. „Sie sind ein junger Mann, Sie sollten sich amüsieren."

„Ich amüsiere mich gut, meine Damen", sagte er und meinte das auch so. Dann erblickte er Lexi. „Aber ich denke, ich werde mal schauen, ob ich Lexi zu einem weiteren Tanz überreden kann."

„Oh, das wäre wunderbar", schwärmte Esther Mae. Er schlängelte sich durch die Menge und tippte Lexi auf die Schulter.

„Ich dachte, ich fordere mein Glück heraus und bitte dich, noch einmal mit mir zu tanzen."

Sie wirbelte herum und ihr Blick trübte sich. „Schau mal, Nic. Nochmals vielen Dank dafür, dass du mich heute gerettet hast. Ich schulde dir was, okay? Aber das…", sie zeigte auf den Raum zwischen ihnen, „wird nicht funktionieren. Außerdem hätte ich mich selbst retten können."

„Wenn du meinst", sagte er, überrascht von ihrem Ausbruch.

Sie hob das Kinn. „Ich, ich hätte es geschafft. Und ich brauche keinen Cowboy, der zu meiner Rettung herbeieilt oder einen Cowboy, der mir das Reiten oder Tanzen beibringt oder sonst irgendetwas."

Ohne seine Antwort abzuwarten, huschte sie durch

die Menge davon und verschwand durch eine Seitentür.

Er sah ihr nach. Er hatte gerade kurz nacheinander zwei schlechte Beziehungen gehabt und war etwas scheu. Er sollte auf Lexis Warnung hören und ihre Stimmungsumschwünge ernstnehmen.

Lexi Wilcox hatte Angst. Das spürte er. Und nach dem, was sie offensichtlich durchgemacht hatte, konnte er es bis zu einem gewissen Punkt verstehen.

Aber sie hatte seine Welt auf den Kopf gestellt, als sie heute Nachmittag aus den Wellen aufgetaucht war.

Ein Mann gab nicht so leicht auf.

Ein Cowboy auch nicht… zumindest kein richtiger Cowboy und vielleicht war es genau das, was Lexi verstehen musste.

CHAPTER VIER

Am Morgen nach der Party schloss Lexi wie üblich bei Sonnenaufgang den Laden auf und begann, Gebäck, Suppen und ihre Spezialitäten für den Tag vorzubereiten. Julie, die ihr bei den Vorbereitungen und beim Backen in der Küche half, kam kurz darauf zusammen mit Candy, ihrer Kellnerin. Gemeinsam hatten sie bis sieben Uhr, wenn das The Sunflower öffnete, alles geschafft.

Tante E, Norma Sue und Adela tauchten um acht Uhr auf. Sie lächelten breit und waren ganz aufgeregt nach der gestrigen Party und in Erwartung des heutigen

Tages. Für den ganzen Tag waren Aktivitäten geplant. Um 10 Uhr würde eine Hochzeitsbootsfahrt stattfinden und dann käme abends die eigentliche Hochzeit am Strand unter den Sternen. Es würde zauberhaft werden. Tante E und ihre Freundinnen waren so aufgeregt, dass sie es kaum zu ertragen schienen. Auch Millie war wieder mit von der Partie, das kleine Fellbündel hüpfte an der zarten Leine, die Tante E an ihrem Halsband befestigt hatte, auf und ab. Die drei Frauen waren beinahe so aufgeregt wie das Hündchen, als sie über die Party vom Vortag sprachen. Zu Lexis Bestürzung waren alle drei ganz hingerissen von Nic Corbin.

Sie setzten sich an einen Tisch auf der Terrasse und sofort befand sich Lexi inmitten eines Kreuzfeuers, in dem es um Nic ging. Lexi wollte nicht über Nic reden. Seit er sie am vergangenen Abend aus der Bucht gefischt hatte, war ihr Leben... nun, es war gründlich auf den Kopf gestellt worden. Millie setzte sich auf ihren Fuß und sah sie mit ihren winzigen schwarzen Augen treuherzig an.

An diesem Morgen kämpfte eine ganze Armada an Gefühlen und Gedanken in ihrem Kopf um die

Oberhand. Mit den drei Frauen über Nic zu sprechen, stand nicht auf ihrer To-Do-Liste.

„Oh Lexi, ich liebe dein Bistro", rief Adela und sah durch die offenen Terrassentüren nach drinnen. Lexi hätte die zierliche Frau küssen können, weil sie das Gespräch in eine andere Richtung lenkte, weg von Fragen über Nic.

„Sunflower Bistro ist der perfekte Name dafür", fügte Tante E hinzu. Offenbar hatte sie den Köder geschluckt. „Seinetwegen muss ich jedes Mal lächeln, wenn ich hierherkomme."

„Du hast hier etwas Wunderbares geschaffen", stimmte auch Norma Sue zu.

„Genau das habe ich versucht." Lexi lächelte. Es stimmte. Sie hatte die Wände in einem satten Ozeanblau gestrichen und anschließend Fotographien von sprühenden maritimen Bildern und atemberaubenden Sonnenuntergängen in den Farben Mandarine, Zitrone und Sonnenblumengelb als funkelnde Farbakzente hinzugefügt.

Sie hatte so viel Zeit und Mühe in ihren Laden gesteckt. Sie hatte die Fotos, die an den Wänden hingen, selbst geschossen und die Tische, die sie bei einem Second-Hand-Verkauf gefunden hatte, waren wahre Kunststücke. Die Beine bestanden aus Treibholz und die darauf liegenden Keramikplatten hatte sie mit einer Vielzahl bunter Fliesen verziert. Sie liebte diesen Ort und war stolz darauf, dass sie ihn mit ihren eigenen Händen erschaffen hatte. Als sie ihn durch die offenen Türen betrachtete, fühlte sich ihr Inneres leicht an und ihr Herz lächelte.

„Ich werde jedes Mal ganz friedvoll, wenn ich hineingehe", gab sie zu.

„So geht es wahrscheinlich jedem, der hierherkommt. Wie hast du das Geschäft eigentlich gefunden?", fragte Adela aufrichtig interessiert.

Da Candy und Roxie sich um die Kunden kümmerten und Julie die Küche unter Kontrolle hatte, nahm sich Lexi einen Moment Zeit. Sie setzte sich zu den Damen und hoffte, dass sie ihnen ihre Beweggründe verständlich machen konnte.

„Es war wie ein Wunder", antwortete sie. „Ich war völlig aufgelöst, als… naja, ihr wisst schon, nachdem meine Hochzeit geplatzt war. Ich bin einfach in mein

Auto gestiegen und losgefahren. Ich habe Corpus schon immer geliebt und so bin ich abends hier gelandet. Ich war so wütend und verletzt. Am Strand spazieren zu gehen hat eine beruhigende Wirkung auf mich. Ich denke, das liegt an der schier unglaublichen Weite."

Mitleidig sahen sie sie an.

Sie zuckte kurz mit den Schultern. „Auf das Meer zu blicken hilft einem dabei, das eigene Leben aus einer anderen Perspektive zu sehen. Und wenn ich etwas wirklich brauchte, dann war es eine neue Perspektive. Ich war ein heulendes Elend mit einem gebrochenen Herzen." Es stimmte. Es war peinlich – aber es stimmte. „Am nächsten Morgen habe ich darüber nachgedacht, was ich nun tun würde – ich bin viel herumgelaufen und habe geweint. Ich bin auf dieses geschlossene Gebäude gestoßen. Bevor ich hineinschaute, dachte ich, mein Herz würde niemals heilen. Doch als ich durch die Türen spähte, erregte dieser Ort meine Vorstellungskraft. Und er erweckte neue Hoffnung in mir."

„Ein Wunder, in der Tat", meinte Adela.

Sie nickte. „Es musste viel getan werden. Ich putzte

tagelang und strich die Wände, aber dadurch hatte ich eine Aufgabe, auf die ich mich konzentrieren konnte und das…" Sie hielt inne und war froh, dass sich außer ihnen niemand auf der Terrasse aufhielt. Ansonsten hätte sie nicht so offen sprechen können. Aber sie musste den drei Frauen ins Gedächtnis rufen, wie verletzt sie gewesen war. Vielleicht würden sie dann aufhören, sie zu drängen. „Es hat mir durch die schwere Zeit geholfen. Es half mir, wieder neue Kraft zu finden. Und eine neue Aufgabe." Sie verschwieg das Obdachlosenheim, dem sie Mahlzeiten zur Verfügung stellte und die Tatsache, dass das Bistro dazu beitrug, den Frauen, die für sie arbeiteten, eine neue Perspektive zu geben, aber ihr Herz erwärmte sich, als sie daran dachte.

„Oh, meine Liebe", gurrte Tante E. „Du machst das gut."

Norma Sue nahm sich ein Stück Gebäck. „Putzen und Schrubben sind gut dazu geeignet, um über Vergangenes hinwegzukommen. Backen auch. Und die hier sind einfach fantastisch." Sie biss von dem Teilchen ab und ihr Gesichtsausdruck war mit einem Mal voller

Freude.

„Ich habe schon immer gern gebacken. Mama hat es mir beigebracht." Sie dachte an die Ranch und ihr Herz schmerzte ein wenig. Das Bistro hatte ihr ein paar Monate später auch geholfen, als sie mit ansehen musste, wie ihr Vater seine Ranch verlor, weil es mehrere Dürreperioden gegeben hatte und die Rinderpreise am Boden waren. Es hatte ihr für ihn und ihre Mutter unendlich leidgetan, doch gleichzeitig war sie umso dankbarer gewesen, dass sie selbst einen anderen Weg eingeschlagen hatte. Und sie sah nicht zurück.

„Wie auch immer", sagte sie und erhob sich, als ein Schwung neuer Kunden das Bistro betrat. „Ich werde den anderen helfen. Ich bin gleich zurück."

Sie nahm gerade Bestellungen auf, als sie bemerkte, dass ihre Gedanken abschweiften und sie daran denken musste, wie es sich angefühlt hatte, als Nic Corbin beim Tanzen seine Arme um sie gelegt hatte.

Sie schüttelte die Erinnerung ab, so wie sie es bereits die ganze Nacht und den ganzen Morgen über getan hatte.

Es hatte eine Zeit gegeben, da hatte sie es geliebt, als Cowgirl geboren worden zu sein. Doch Menschen änderten sich und sie war nun eine ganz andere Person. Heute erfüllten Strände, der Anblick des funkelnden Meeres und die Geräusche des Windes und der Brandung sie mit einem Gefühl der Aufregung. Vorbei waren die heißen Tage, an denen sie Zäune reparierte, mit Rindern rang oder sich Sorgen darüber machte, wann es endlich wieder regnen würde oder dass die Preise für Rinder so starken Schwankungen unterworfen waren. Das gehörte der Vergangenheit an. Und dort würde es auch bleiben. Die Gefühle, die sie letzte Nacht gespürt hatte, als Nic sie in den Armen gehalten hatten, waren unwichtig und sie vergaß sie am besten gleich wieder. Ihre Haut prickelte, als sie an die Berührung seiner Hände und die Wärme seines Atems an ihrem Ohr dachte, als sie miteinander geredet hatten… ja, das musste sie vergessen. Sein Duft nach Moschus und Sandelholz, so maskulin… *den solltest du dir auch aus dem Kopf schlagen!*

Niemand schien zu verstehen, warum sie das

Interesse an Cowboys verloren hatte, aber das war ihr egal. Tatsache war doch, dass sie sich nicht mit Cowboys verabreden sollte, wenn sie dieses Leben ohnehin nicht zurückwollte. Außerdem gab sie so der Vergangenheit nicht die Chance, sich zu wiederholen.

Ihre Sicht auf Männer mit Stetsons war für immer durch Lance' Lügen verdorben – auch wenn diese manchmal besser rochen, als frische, verlockende Zimtschnecken.

Nic wirkte aufrichtig und ehrlich, aber das hatte sie von Lance mit seinen ernsten Augen, der gemächlichen texanischen Aussprache und dem Lächeln, das dafür sorgen konnte, dass sich einem Mädchen die Zehen kräuselten, auch gedacht. Aber so waren viele Cowboys und sie hatte nicht die Absicht, einen einzigen an ihrem inneren Radar vorbei zu lassen.

Nic eingeschlossen... auch wenn es sich als schwieriger herausstellte, ihn aus dem Kopf zu bekommen, als sie erwartet hatte.

Sie seufzte und legte ein paar noch warme Croissants auf einen Teller. Trotzdem hatte sie es genossen, mit ihm zu tanzen. Und als er sie um einen zweiten Tanz gebeten hatte, da hatte sie nur deswegen abgelehnt, weil sie an dem ersten bereits viel zu großen Gefallen gefunden hatte.

Lexi war nicht grünäugig, was Nic anging. So hätte es Tante E gesagt, die ständig Sprichwörter und Redewendungen durcheinanderbrachte. Sie wusste, wann sie einer Versuchung widerstehen musste. *Und blauäugig war sie auch nicht!*

Sie erkannte, dass sie in Nic Corbins Fall vielleicht würde weglaufen müssen. Er stellte eine Bedrohung für ihr geordnetes, überschaubares und glückliches neues Leben dar.

Dieser Mann war ohnehin lästig. Er brachte sie durcheinander und sie fand die Vorstellung, ihm zu widerstehen, beinahe unmöglich. Und nun würde sie gezwungen sein, drei Stunden mit ihm auf einer Minikreuzfahrt mit Brunch in der Bucht zu verbringen, während die Kupplerinnen versuchten, sie davon zu überzeugen, ihm eine Chance zu geben. Sie hoffte, dass ihr kurzes Gespräch vor ein paar Minuten ihnen vor Augen geführt hatte, dass Nic nicht der geeignete Mann für sie war. Das hoffte sie wirklich.

Hoffentlich würden sie von ihr ablassen.

„Geht's dir gut, Boss?", fragte Candy, als sie mit einem Teller Frühstücks-Muffins vorbeikam.

„Sicher, Candy, warum?"

Die Kellnerin machte eine Pause, bevor sie weitersprach. „Du wirkst schon den ganzen Morgen über abgelenkt und deine Wangen röten sich immer wieder. Spukt dir ein Mann im Kopf herum?"

„Nein! Warum sagst du so etwas?"

Candy lachte so herzlich, dass ihre Kreolen auf und ab wippten. „Deine Tante hat mir gerade erzählt, dass du gestern Abend von einem gutaussehenden Cowboy aus der Bucht gefischt wurdest."

„Ermutige sie nicht auch noch", mahnte Lexi.

„Es stimmt also! Ich will alle Details wissen."

„Hast du nichts zu tun?"

„Doch, doch. Aber glaube nicht, dass ich das vergesse." Candy warf ihr einen Darüber-reden-wir-noch-Blick zu und brachte dann eine Bestellung zu den wartenden Gästen. Lexi sah ihr nach und dachte wieder an die andere Sache, die ihr in den letzten Tagen durch den Kopf gegangen war. Candy hatte es gerade nicht leicht und würde gern mehr arbeiten und Lexi wollte ihr wirklich gern helfen. Die kleinen Catering-Aufträge, die sie zuletzt übernommen hatten, nahmen zwar zu, kamen aber immer noch nur sporadisch. Sie wusste, dass sich die Auftragslage wahrscheinlich verbessern würde, wenn sie anfinge, Caterings für Hochzeiten anzubieten. Wenn sie etwas mit einer Hochzeitslokalität ausmachen könnte, würde sich das für Candy und ihre anderen Angestellten als äußerst hilfreich erweisen. Aber Lexi wollte nichts mit Hochzeiten zu tun haben. Dem konnte sie sich einfach nicht stellen. Aber… vielleicht war es an der Zeit, endlich darüber hinwegzukommen.

Und das brachte sie zurück zu der Idee, die sich in ihrem Kopf festgesetzt hatte, seit Nic den Pavillon auf seiner Ranch erwähnt hatte. Wäre dies womöglich der geeignete Ort für eine Zusammenarbeit mit dem The Sunflower?

Nein. Sie schob diesen Gedanken erneut beiseite. So wie sie es jedes Mal getan hatte, wenn er durch ihren Verstand gegeistert war.

Sie war sich zu einhundert Prozent sicher, dass das keine gute Idee war.

Insbesondere wegen der Anziehungskraft, die Nic auf sie auszuüben schien.

An die Arbeit. Sie verdrängte die verrückten Gedanken, die in ihrem Kopf herumwirbelten und ging nach draußen, um dem Paar, das jetzt am Tisch neben den Kupplerinnen saß, ihr Gebäck zu servieren. Sie nahm die würzige Seeluft und das Geschrei der Möwen tief in sich auf und bemühte sich um Gelassenheit und Ruhe für ihren plötzlich so aufgewühlten Geist.

„Mmmm." Norma Sue hielt inne, bevor sie erneut von ihrem Apfel-Zimt-Muffin abbiss. „Die sind einfach köstlich, Lexi."

„Ein neues Rezept…" Lexis Stimme versagte, als sie einen großen, schlanken Mann in Cargo-Shorts und einem leuchtend orangefarbenen T-Shirt entdeckte, der den Strand entlang joggte. Die Brise strich ihm sein dunkles, welliges Haar über die Stirn und er lief mit langen Schritten in einem anmutigen, geschmeidigen Gang. Ihr Mund wurde trocken. Nic.

Das war mal ein Mann.

Als er näherkam, lächelte er und winkte, bevor er die Richtung änderte und vom nassen Sand auf die

Promenade zu joggte.

Ein kleiner Seufzer entrang sich Lexis Lippen. Wenn sie seine Stiefel und den Stetson am Abend zuvor nicht mit eigenen Augen gesehen hätte, sie hätte heute niemals den Rancher in ihm erkannt.

Meine Güte. Warum, um Himmels Willens, sah er so… stattlich aus?

„Das ist mal ein gutaussehender Mann."

Sie nahm nicht einmal zur Kenntnis, wer ausgesprochen hatte, was jedem durch den Kopf gegangen war, der ihn beobachtet hatte. Lexi hatte in den letzten zwei Jahren viele Männer kennengelernt, viele gutaussehende Männer. Viele interessante Männer, aber keiner von ihnen hatte dafür gesorgt, dass ihr Herz höher schlug oder ihre Haut beständig errötete, so wie Nic das tat. Und keiner von ihnen hatte sich so in ihren Gedanken festgesetzt und sich jedem Bemühen, ihn loszuwerden, widersetzt.

Sie hätte es gern darauf geschoben, dass das die normale Reaktion auf den Mann war, der ihr das Leben gerettet hatte. Welche Frau würde nicht zumindest etwas Aufregung gegenüber dem Mann empfinden, der das getan hatte? Besonders wenn er groß und dunkel war und ein Lächeln hatte, das wie ein Blitz einschlug.

„Einen guten Morgen, die Damen“, sagte er und sah besser aus, als Lexi sich das gewünscht hätte. „Ich habe mir gedacht, ich würde die Einladung zum Frühstück annehmen, bevor wir mit der Yacht aufs Meer hinausfahren.“ Er sah die drei Damen an und dann blickte er mit seinen Schokoladenaugen in ihre. Sie vergaß zu atmen und gab sich selbst einen mentalen Schubs.

„Oh? Nun, willkommen“, platzte sie heraus und zwang ihre Stimme dazu, gelassen und unbeschwert zu klingen – was einer oscarreifen Vorstellung gleichkam.

„Hey, ich habe nur Gutes über das Bistro gehört. Und dann habe ich heute Morgen überall diese kleinen gelben Tütchen mit dem Sonnenblumenlogo gesehen. Wenn das nichts Gutes bedeutet.“

Ihre Wangen erhitzten sich bei seinem Lob.

„Gut aussehend und dann auch noch intelligent. Setzen Sie sich doch hierher.“ Norma Sue klopfte auf den leeren Stuhl neben sich. „Lexi hat diesen Ort ganz allein umgestaltet. Sie müssen unbedingt mal reingehen und sich die kreative Aufarbeitung der Tische ansehen und die Fotos an den Wänden."

„Ja, aber ihr Essen ist der wahre Genuss", fügte Adela hinzu.

Okay, das war verrückt. „Möchtest du einen Kaffee?", fragte Lexi und sehnte sich danach, von diesem Tisch wegzukommen.

„Auf jeden Fall. Ich trinke ihn schwarz. Das Bistro ist wirklich sehr schön." Beim Klang seiner Stimme erwachte Millie, die sich unter dem Tisch zusammengerollt und etwas gedöst hatte. Mit freudigem Bellen sprang sie auf, um Nic zu begrüßen.

„Hey, ist das das kleine schwarze Fellbündel, das ich gestern aus der Brandung gezogen habe? Kleines Mädchen, du siehst ja schon wieder richtig gut aus", gurrte er, dann nahm er das Hündchen und kuschelte mit ihr.

„Kaffee, schwarz, kommt gleich", presste Lexi hervor, dann wirbelte sie herum und eilte davon. *Atme,* sagte sie sich. *Atme einfach. Männer kuscheln jeden Tag mit kleinen Hunden. Das bedeutet nicht, dass sie dein Typ sind. Setz einfach einen Fuß vor den anderen und denk das alles Schritt für Schritt bis zum Ende durch...* bis Sonntagabend würde sich alles wieder normalisiert haben. Er würde wieder auf seiner Ranch sein, die Kupplerinnen würden nach Hause nach Mule Hollow fahren und ihr Leben würde wieder so sein, wie es gewesen war.

Das musste sie sich bis dahin vor Augen halten. Sie dachte besser nicht daran, wie süß er aussah, wenn er mit Millie kuschelte – oder daran, wie eifersüchtig sie auf das winzige Hündchen gewesen war.

CHAPTER FÜNF

Nic war so ausgelassener Stimmung wie die Möwen, die über ihnen am wolkenlosen Himmel schwebten. Trotzdem es noch nicht einmal Mittag war, schien die Augustsonne schon glühend heiß auf sie herab, aber die leichte Brise, die die Yacht erzeugte, als sie langsam durch die Bucht fuhr, sorgte für etwas Abkühlung. Das Schiff war wunderschön, ein anmutiges Boot, das sich über zwei Ebenen erstreckte und das eigens dafür gebaut worden war, um auch größere Gruppen aufzunehmen. Es gab Sonnensegel für diejenigen, die sich lieber im Schatten aufhielten. Die Yacht bot ausreichend Platz für die gesamte Hochzeitstruppe und doch war sie auch nicht so groß, dass Lexi irgendwohin hätte verschwinden können.

Nic traf sich mit Steven und Vance und ein paar weiteren Freunden vom College auf der unteren Ebene der Yacht.

„Noch sieben Stunden. Bist du bereit?", fragte er Steven. Ebenso wie Nic hatte auch Steven ihrer Umgebung bisher kaum Beachtung geschenkt. Während Nics Blick immer wieder zu Lexi wanderte, die mit Tiffany und den Brautjungfern auf der oberen Ebene sprach, hatte Steven seine Augen kaum von seiner künftigen Frau lassen können.

„Das bin ich. Mehr als ich es auszudrücken in der Lage bin."

Deutlich nahm Nic die tiefen Gefühle in der Stimme seines Freundes war und kurz spürte er einen Anflug von Neid. Wie mochte es sich anfühlen, wenn man jemanden so sehr liebte, wie Steven und Tiffany einander liebten?

Als er das dachte, glitt sein Blick wieder zu Lexi hinüber. Er hatte in ihrem Bistro gefrühstückt und beobachtet, wie Leute während der Stunde, in der er dort war, kamen und gingen. Er hatte es genossen, Lexi bei der Interaktion mit ihren Kunden zuzusehen. Quirlig und mit einnehmendem Wesen stellte sie sicher, dass es an den acht Tische draußen und weiteren im Innenraum an nichts fehlte. Trotz der großartigen Kellnerin, einer selbstbewussten Frau namens Candy, die viel lächelte, hatte Lexi persönlich mit jedem gesprochen, der seinen Kopf zur Tür hereingesteckt hatte.

Sie passte zum Meer und es fiel ihm schwer, sie sich in der Kleidung einer Rancherin vorzustellen, da das Sommerkleid und die Flip-Flops so perfekt an ihr aussahen. Es wäre eine Schande, diese gebräunten Beine mit Jeans und Stiefeln zu verhüllen. Oder die dichte goldene Haarmähne mit einem Hut.

„Wohin bist du gestern Abend und heute Morgen verschwunden?", fragte Steven.

„Tut mir leid, gestern Abend musste ich etwas auf der Ranch erledigen. Und heute Morgen habe ich mit Esther Mae, Norma Sue und Adela in Lexis Bistro gefrühstückt."

Steven lachte. „Behalt die drei besser im Auge. Man kann mit Sicherheit sagen, dass sie dich im Visier haben. Ist das okay für dich?"

„Ich denke, ich werde mit drei älteren Damen in geblümter Kleidung und breitkrempigen Hüten schon fertig. Außerdem ist Lexi großartig."

„So wie sie verletzt wurde, wundert es mich, dass sie sich überhaupt mit dir abgibt. Es hat schon eine Weile gedauert, bis sie sich an den Gedanken gewöhnt hatte, dass Tiffany sich in einen Cowboy verliebt hat."

„Ehrlich gesagt, würde ich gern mehr über diesen ominösen Cowboy erfahren, der es geschafft hat, uns andere Cowboys so gründlich mieszumachen – was hat er getan? Ich weiß, dass er ihr das Herz gebrochen hat, aber wie?"

„Er hat sie vor dem Altar stehen lassen, um sein Leben dem Rodeo zu widmen und ist mit einer Kleinen, die denselben Traum hegte, davongelaufen. Das hat ihr ordentlich zugesetzt. Wenn man dann noch bedenkt, dass ihr Vater ein paar Monate später im Rahmen einer Zwangsvollstreckung seine Ranch verloren hat, dann kämpfst du, mein Freund, eine aussichtslose Schlacht, wenn es um das Mädchen geht."

„Du willst mir also sagen, dass sie jeden schlechten Moment in den letzten Jahren mit dem Ranchleben und Cowboys assoziiert."

„Ja, ich denke, das kann man so sagen. Deine Arbeit spricht also nicht gerade für dich."

Er ließ diese Informationen sinken. Auch er hatte

ein paarmal Pech mit Frauen gehabt, aber das bedeutete nicht, dass er ihnen komplett abgeschworen hatte, nur vorübergehend. Er warf nicht alle Frauen in einen Topf.

Andererseits hatte man ihn aber auch nicht am Altar stehenlassen. Was machte das mit einem Menschen? Er konnte sich vorstellen, dass jedes Vertrauen, das Lexi gehabt hatte, grundlegend zerstört worden war.

Er wusste, wie er das Vertrauen eines gebrochenen, misshandelten Pferdes zurückgewinnen konnte. Könnte er dasselbe mit einer Frau tun? Das waren zwei völlig verschiedene Paar Schuhe. Trotzdem mussten sich auch hierbei Geduld, Freundlichkeit und der Aufbau einer persönlichen Beziehung auszahlen.

Steven nickte in Richtung des Oberdecks, wo Tiffany stand. „Eines kann ich dir sagen. Wenn du die Liebe deines Lebens findest, dann nimmst du alle Mühe und Anstrengung auf dich."

Nic war froh, dass sein Kumpel Tiffany gefunden hatte. Er hatte sie gebraucht.

Nic sah zu, wie sich Lexi ihre blonden Haare hinter die Ohren steckte und über etwas lachte, was Tiffany gesagt hatte. Sein Magen zog sich zusammen. Er konnte den Blick nicht abwenden. Er hatte noch nie das Gefühl gehabt, dass sein Herz ihn zu einer Frau trieb, aber genauso fühlte er sich, wenn es um Lexi ging.

Sie lachte erneut über etwas, was Tiffany sagte und stieß dann spielerisch mit der Hüfte gegen die ihrer Cousine. Er lächelte. Sie mochte ein gebrochenes Herz haben, aber sie hatte sich zusammengerissen und es ging ihr großartig. Sie lebte ihr Leben weiter. Fast… außer in Bezug auf Cowboys.

Er erkannte, dass er Lexi vielleicht dabei helfen konnte, noch weiterzukommen und einzusehen, dass nicht alle Cowboys Mistkerle waren. Zumindest er nicht.

* * *

Lexi nippte an ihrem Eistee und betrachtete den Horizont in der Ferne, während die Wellen leise gegen den Rumpf des Bootes schlugen.

„Du passt gut hierher."

Nics sanfte Worte ließen sie zusammenzucken und ihre Haut kribbelte an der Stelle, wo sein Atem sie berührt hatte. Sofort erinnerte sie sich an die vergangene Nacht.

Er sah aus wie ein Mann, der sich auf dem Meer wohlfühlte und hatte es sich an der Reling bequem gemacht und sah sie an. Der Wind peitschte ihm das dunkle Haar in die Stirn und das Sonnenlicht legte sich sanft auf seine Züge. Auch er passte hierher. Der Gedanke versetzte ihr einen Stich.

Sie hatte es geschafft, ihm den größten Teil des Morgens aus dem Weg zu gehen. „Ich liebe es. Ich bin jedoch überrascht davon, dass du es offenbar auch liebst."

Er sah sie verblüfft an. „Warum überrascht dich das?"

Sie lachte verlegen. „Ich meine, du siehst nicht mal aus wie ein Cowboy, so wie du da sitzt mit deinen Shorts und den leichten Schuhen."

Seine Brauen zogen sich zusammen. „Du solltest es dir wirklich abgewöhnen, die Leute anhand der Kleidung zu beurteilen, die sie tragen oder anhand des Berufes, den sie ausüben."

„Ich meinte nur, dass man einen Cowboy nur selten mal nicht in Jeans…-"

„Stimmt nicht", unterbrach er sie. „Wobei, wenn ich mehr im Herzen von Texas leben würde, dann würde ich wahrscheinlich seltener Shorts und leichte Schuhe tragen."

„Okay." Sie lachte. „Ich wollte dich nicht mit allen anderen in einen Topf werfen. Aber…"

„Dieser Idiot hat dich wirklich ziemlich verletzt, oder?"

Sie blinzelte und trat einen Schritt zurück. „Was?"

„Es ist nicht gerade schwer, darauf zu kommen. Aber die Kupplerinnen haben mir einige Details anvertraut. Und ich muss zugeben, dass ich dich verstehe. Aber ich hoffe, dass du mir eine Chance gibst, schließlich wurden wir auf äußerst ungewöhnliche Art und Weise zusammengeführt. Das bedeutet doch etwas, meinst du nicht auch? Was ich sagen will, ist, ich würde mir wünschen, dass du mich als Person siehst und nicht nur auf meinen Beruf achtest." Er grinste schief und zog dann fragend eine Braue hoch.

Ihr Magen machte einen Satz und sie beugte sich näher zu ihm, er zog sie einfach an… sie wünschte, … – sie zwang sich selbst zu einem aufrechten Stand. „Es ist mehr als das. Ein Cowboy zu sein – ein Rancher – bedeutet, ein bestimmtes Leben zu führen."

Bevor er antworten konnte, rief Steven sie alle aufs

obere Deck. Er hatte einen Arm um Tiffany gelegt und sein Glas erhoben. „Ich wollte nur ein paar Worte darüber sagen, wie sehr ich meine schöne Verlobte liebe."

Nic erhob sich hinter ihr, als sie sich zu dem Hochzeitspaar umwandte. Sie musste zugeben, dass es recht lange gedauert hatte, bis sie sich für Steven erwärmt hatte. Sie hatte befürchtet, dass ihre Cousine das gleiche Schicksal erleiden würde wie sie. Doch sie hatte sich geirrt.

Machte sie einen Fehler, wenn sie Nic mit Lance in eine Schublade steckte? Sie rief sich ins Gedächtnis, dass sie kein Risiko eingehen konnte, wenn es um ihre Zukunft ging. Und sie glaubte an das, was sie gesagt hatte: ein Cowboy zu sein zog einen gewissen Lebensstil nach sich.

Sie dachte an ihren Vater. An die Ranch.

„Sie passen großartig zusammen, findest du nicht?", fragte Nic und nahm einen Schluck aus der Wasserflasche, die er in der Hand hielt.

„Ja, das tun sie." Das ließ sich nicht bestreiten. Lexis ganze Aufmerksamkeit galt Tiffany, deren Gesicht liebevoll glühte, als Steven davon sprach, wie dankbar er war, dass sie in sein Leben getreten war. Einen Moment später neigte er seinen Kopf zu ihrem herab und küsste sie.

Ihr Herz schmerzte, als sie die beiden beobachtete. Wie es wohl wäre, so geliebt zu werden? So wertgeschätzt? So bewundert?

Sie warf Nic einen Blick zu.

Er ist ein Cowboy!

Sie schüttelte sich innerlich. *Reiß dich zusammen, Lexi.*

Steven beendete seine liebevolle Rede mit einem dankbaren Gebet. Alle jubelten und klatschten.

Nic drehte sich wieder zu ihr um. „Was machst du sonst so, wenn du nicht gerade köstliche Bagels und Croissants servierst oder ein goldenes Kleid zum Schwimmen trägst, sodass arme vorbeikommende Cowboys denken, sie sähen Meerjungfrauen?"

Unwillkürlich musste sie lachen. „Hast du wirklich gedacht, ich wäre eine Meerjungfrau?"

„Hey, die Sonne wurde von deinem Kleid reflektiert und die Schleppe hast du hinter dir hergeschwungen, als du dich gedreht hast."

Sein Lächeln war verlegen und bezaubernd.

Verflixt!

Sie lachte wieder, weil sie nichts dagegen tun konnte. Plötzlich fühlte sie sich ganz unbeschwert, schließlich war sie auf einer Yacht, die Sonnenstrahlen wurden vom himmelblauen Wasser zurückgeworfen und die Brise strich über ihre Haut wie ein Kuss.

„Wärst du wegen einer gewöhnlichen Frau auch ins Wasser gesprungen oder rettest du nur Meerjungfrauen?"

„Für dich wäre ich so oder so hineingesprungen."

Die Art und Weise, wie er das sagte, sandte ein gefährliches Kribbeln durch ihren Körper. „Du kennst mich doch gar nicht", sagte sie herausfordernd.

„Ich möchte dich gerne kennenlernen, Lexi. Es hat sich als ein angenehmer und überraschender Segen herausgestellt, nach dir zu tauchen, Meerjungfrau oder nicht."

Ihre Haut wurde rot. Sie konnte sich nicht daran erinnern, dass sie jemals als Segen bezeichnet worden war. Was für eine Wortwahl.

„Es ist schön, dass du das sagst…"

„Es ist die Wahrheit." Er verschränkte die Arme und musterte sie einen Moment lang. „Also sag mir, wie es dir wirklich geht."

Sie starrte ihn an und dachte nach. Sie wusste instinktiv, wonach er fragte. „Warum fragst du mich das? Warum willst du das wissen?"

„Weil ich mir einfach keinen Mann vorstellen kann, der dich verlässt. Ich hasse es, dass du das durchmachen musstest."

Meinte er das ernst? „Als mein Verlobter mich am Altar verließ, war das beschämend. Und es tat weh. Ich weinte wie ein Baby. Und wenn ich jetzt daran zurückdenke, dann bin ich vor allem wütend, weil ich eine solche Idiotin war. Und nur um das klarzustellen, das habe ich bisher niemandem gegenüber zugegeben."

„Du hattest das Recht, sauer und wahrscheinlich auch wütend zu sein. Aber beschämt, verlegen – nein, ich denke, das solltest du hinter dir lassen. Manche Leute können gut lügen. Ich gehöre nicht zu ihnen – nur damit du es weißt."

Sie holte tief Luft, ihre Hand zitterte und sie dachte darüber nach. Warum nur hatte sie Nic etwas so Persönliches erzählt?

Offenbar konnte sie dieser unbeschwerte Zustand in Schwierigkeiten bringen. Auf der anderen Seite hatte er sich darum bemüht, dass sie sich besser fühlte.

Die Yacht beschrieb einen weiten Bogen, als sie sich wieder Corpus zuwandte. „Es ist egal. Ich bin glücklich. Ich habe meine Berufung in meinem Bistro gefunden, das Kaffee und gutes Essen serviert. Niemand hat einen besseren Job als ich, ich liebe es, Menschen mit Essen zu versorgen."

Catering. Lexi dachte erneut an den Ort auf der Ranch, den er erwähnt hatte. Sie würde gerne dafür sorgen, dass Julie und Candy mehr Geld nach Hause bringen konnten. Und auch Roxie, die nur in Teilzeit angestellt war, würde gern häufiger arbeiten.

„Du machst das wirklich toll. Ich stimme…-"

„Delfine!" Die hohe Stimme von Esther Mae unterbrach seine Antwort. Tante E beugte sich über die Reling, zeigte mit einer Hand die Richtung an und hielt mit der anderen ihren großen Schlapphut fest – sie hielt sich nicht am Geländer fest. Die Palmen und Kokosnüsse auf ihrem Hut tanzten im Wind. Zwei schimmernde Delfine tauchten aus dem Wasser auf und alle liefen zur Reling, um sie zu beobachten.

„Ich hoffe, Tante E fällt nicht hinein. Vielleicht musst du gleich zweimal an einem Wochenende jemanden aus dem Meer bergen." Ihre Worte waren nur halb als Scherz gemeint.

„Das hoffe ich nicht, wenngleich ich es natürlich tun würde. Sie ist sehr…", er zögerte, „enthusiastisch."

„Wirklich?" Sie lächelte und sah zu, wie die wunderschönen Delfine neben der Yacht herschwammen, dann abtauchten und gemeinsam aus dem Wasser sprangen, als ob ein unsichtbarer Choreograph das alles inszeniert hätte. „Ich liebe diesen Ort wirklich", gestand sie, hielt sich am Geländer fest und beugte sich vor, sodass die Brise durch ihre Haare fuhr.

Sie sah zu ihm hinüber, er beobachtete sie mit intensivem Blick. Fasziniert nahm sie zur Kenntnis, wie er aufstand und erst eine Hand um das Geländer auf ihrer einen Seite legte, dann auf der anderen. Sie war eingekreist, fühlte sich aber sicher, wenn auch ein wenig außer Atem. Sie konnte nicht anders und drehte sich zu ihm herum.

„Also", fragte er. „Ich habe dir zugehört. Und ich bin immer noch hier. Denkst du, du könntest es vielleicht irgendwann in Erwägung ziehen, mit einem Cowboy auszugehen? Mit diesem Cowboy?"

CHAPTER SECHS

Lexis Augen weiteten sich ungläubig. Sie musste denken, dass Nic den Verstand verloren hatte, als er sie gefragt hatte, ob sie mit einem Cowboy ausgehen würde, nachdem der letzte ihr so übel mitgespielt hatte.

„Das ist keine gute Idee, Nic."

„Lass uns das Ganze positiv sehen. Ich liebe Herausforderungen. Du bist eine Herausforderung", sagte er neckend, wofür er mit einem widerwilligen Lächeln belohnt wurde. „Dieses Lächeln sagt mir, dass noch etwas Hoffnung besteht, dass die texanische Meerjungfrau ihre Meinung in Bezug auf den einsamen

Cowboy ändert."

Sie lachte. Er liebte ihr Lachen, ein fröhliches Geräusch, das durch seinen ganzen Körper tanzte.

„Ich glaube nicht, dass du einsam bist. Und wenn doch, dann deshalb, weil du dich dafür entschieden hast."

„Die Wahrheit ist, dass ich nicht sehr viel ausgehe. In den letzten Monaten war ich nicht einmal versucht, auch nur darüber nachzudenken."

„Wie gesagt, du hast es dir selbst ausgesucht."

„Jetzt habe ich mich dazu entschieden, dich davon zu überzeugen, mit mir auszugehen." Er war unerbittlich und das wusste er auch, aber es machte ihm Spaß, sich mit ihr zu kabbeln.

„Ich kann nicht, Nic."

Sie musterte ihn und knabberte dabei an ihrer Lippe. Noch immer lagen seine Hände links und rechts von ihr auf der Reling. Er musste sich nur etwas nach vorn beugen, um sie zu küssen. Dass das nicht der klügste Schachzug wäre, hinderte ihn nicht daran, es in Erwägung zu ziehen.

„Hast du wirklich einen Pavillon auf deinem

Grundstück? Für Events?"

Seine Gedanken waren vorausgeeilt zu all den Dingen, die sie ihn dieser Situation hätte sagen können. Eine Frage zu seinem Pavillon gehörte nicht dazu. „Jep. Habe ich. Warum?" Eine Idee traf ihn mit voller Wucht. Er wusste, wie gern Lexi auch Caterings anbieten würde. „Du wärst nicht zufällig daran interessiert, für mich das Catering zu stellen, oder?" Er wackelte mit den Augen, unfähig sie nicht zu ärgern, richtete sich dann aber wieder auf, bevor sie versucht war, ihm auf den Fuß zu treten. Er hatte das Interesse in ihren Augen gesehen, noch bevor er die Frage gestellt hatte. Es war perfekt.

Sie entfernte sich etwas von ihm, noch immer an ihrer Unterlippe knabbernd – sie war nervös.

„Ich weiß, ich habe gerade ein Date mit dir abgelehnt. Aber gestern hast du erwähnt, dass du darüber nachdenkst, Catering als Option anzubieten für alle, die den Pavillon mieten möchten. Das The Sunflower könnte genau das sein, wonach du gesucht hast."

Er konnte ein Lächeln nicht unterdrücken. „Deine

Sonnenblumen auf meiner Sandbank. Hmm, mir gefällt, wie das klingt. Ein bisschen so wie wir. Es scheint zunächst nicht so recht zusammenzupassen, aber wenn man darüber nachdenkt, passt es perfekt. Ungefähr so, wie du das Strand- und das Sonnenblumenthema bei der Dekoration des Bistros zusammengebracht hast." Nic hoffte, dass er sich nicht zu weit aus dem Fenster gelehnt hatte, aber das Ganze machte wirklich Sinn. Zumindest aus seinem Blickwinkel. Und es verschaffte ihm zusätzliche Zeit.

„Das wäre rein geschäftlich, Nic", warnte sie ihn.

„Es wird nur das sein, was du auch willst." Und das meinte er auch so. Und trotzdem verschaffte es ihm weitere Zeit.

Sie näherten sich dem Dock. Die Hochzeit sollte an diesem Abend stattfinden, aber er war dennoch noch nicht bereit für das Ende der Bootstour.

„Du müsstest natürlich zu mir hinauskommen und dir die Ranch ansehen – den Pavillon. Dir ansehen, was wir zu bieten haben."

„Ja. Du hast recht."

„Wie wäre es mit morgen?" Nic trieb die Dinge

voran, denn er wollte die Gelegenheit nutzen, um mit Lexi in Verbindung zu bleiben. Sie selbst war auf diese brillante Idee gekommen und er wollte ihr keine Zeit geben, es sich anders zu überlegen. „Du könntest deine Tante und Norma Sue und Adela mitbringen. Ich zeige euch die Ranch."

„Woo-Hoo, ihr zwei", rief Esther Mae und eilte zu ihnen herüber. „Ihr seht aus, als hättet ihr euch gut amüsiert. Ich finde es schade, dass die Bootstour schon zu Ende ist, aber wenn wir heute Abend eine Hochzeit feiern wollen, müssen wir wohl das Schiff verlassen. Aber es war doch furchtbar romantisch, findet ihr nicht auch?" Sie schaute von Lexi zu Nic. Die Palme auf ihrem Hut schwankte im Takt ihrer Bewegung.

Adela und Norma Sue schlossen sich ihnen an. Sie begannen aufgeregt über die Hochzeitsfeier am Abend zu sprechen.

„Meine Damen", sagte Nic, der sich die Gelegenheit nicht entgehen lassen wollte. „Möchten Sie vielleicht morgen zum Mittagessen auf meine Ranch kommen? Ich würde Ihnen gern The Sandbar zeigen."

Esther Mae klatschte in die Hände. „Oh ja. Das

wäre das perfekte Ende unserer Reise.“

Nic hätte die lächelnde, rothaarige Tante am liebsten hochgehoben und umarmt. „Ich verwöhne Sie mit einem Mittagessen, Ladies, und einer Fahrt zu den schönsten Orten der Ranch. Wir werden sogar am Strand entlang reiten.“

„Am Strand! Oh, wie romantisch. Findet du das nicht auch, Lexi?“ Esther Mae stieß Lexi einen Ellbogen in die Rippen, als die sie anstarrte. „Wir werden gleich nach der Kirche kommen.“

„Das ist perfekt“, sagte Adela. „Einfach perfekt. Sie, junger Mann, haben uns den Tag ganz erheblich versüßt!“

„Ich werde mich um das Mittagessen kümmern“, sagte Lexi. „So zeigst du mir, was du zu bieten hast und ich demonstriere, was ich zu bieten habe.“

Nic grinste. „Das klingt gut – ich meine, klar. Großartig. Zeig mir, was du kannst.“

CHAPTER SIEBEN

Die Hochzeit fand bei Sonnenuntergang am Strand statt. Lexi und die anderen drei Brautjungfern trugen zarte, pfirsichfarbene Kleider, die ihre Knie umspielten und in der sanften Brise flatterten. Der makellose weiße Zuckersand war noch warm unter ihren dünnen, juwelenbesetzten Flip-Flops. Tiffany sah in ihrem weißen Hochzeitskleid, einer ätherischen Kreation, die sie mit jedem Schritt den Gang entlang wie eine Wolke umgab, einfach nur wunderschön aus. Unwillkürlich musste Lexi an ein Märchen denken – sie dachte zwar nicht, dass sie selbst in ein Märchen gehörte

– Tiffany aber schon. Lexi blinzelte die Tränen zurück, die ihr mit einem Mal in die Augen traten. Sie freute sich so für Tiffany. Ihre Cousine verdiente jeden erstaunlichen Moment dieses Märchens.

Die Sonnenuntergangshochzeit war äußerst romantisch. So romantisch, dass Lexi immer wieder die aufrührerischsten Gefühle durch den Kopf schossen – verträumte Gedanken, die allem widersprachen, was sie normalerweise in Bezug auf Hochzeiten empfand. Tiffany hatte einen ruhigen Strandabschnitt ausgesucht mit einer Rasenfläche, die sich bis an den Strand hinunterzog. Hier sollte die Feier unterm Sternenhimmel stattfinden. Über ihren Köpfen sorgten Lichterketten für einen funkelnden Schimmer. Die Hochzeitsplaner hatten fünf Meter hohe Palmen in riesigen Kübeln herbeischaffen lassen. Auch die Stämme der Bäume waren von oben bis unten mit Lichtern geschmückt. Obwohl bereits die Sonne unterging, leuchteten die Lichter fröhlich und gaben einen Ausblick darauf, wie der Platz aussehen würde, wenn es völlig dunkel geworden wäre und der Empfang begänne.

Lexi hatte ihr Haar hochgesteckt und mit gutem altem texanischem Haarspray besprüht, um es an Ort und Stelle zu halten, wenn der Wind auffrischen sollte. Sie schob sich eine entflohene Strähne hinters Ohr, die die sanfte Brise herumgewirbelt und sie an der Nase gekitzelt hatte.

Ihr Blick glitt unstet zu Nic, der mit den anderen Trauzeugen neben Steven stand. Er beobachtete sie und seine Lippen kräuselten sich, als sich ihre Blicke trafen. Lexi verstärkte ihren Griff um die Blumen in ihrer Hand. Ihr Atem stockte sehnsüchtig.

Du hasst Hochzeiten, rief sie sich selbst ins Gedächtnis – denn irgendwie schien sie das vergessen zu haben.

Sie sah wieder zurück zu Tiff und Steven und spürte, wie ihr leichter ums Herz wurde. Sie war nicht länger verärgert. Ihre Finger entspannten sich und sie lockerte den Griff um die Blumenstiele.

Sie nahm einen tiefen, reinigenden Atemzug und spürte Frieden in Bezug auf diesen Teil ihrer Vergangenheit. Sie war schon lange über Lance hinweg. Es waren die Nachwirkungen der Hochzeit gewesen, die schwer zu überwinden waren. Was tatsächlich eine Menge darüber aussagte, was sie für Lance empfunden hatte. Er hatte ihr einen Gefallen getan und sie wusste es. Sie war mehr in die Idee verliebt gewesen, ihn zu lieben als sie es tatsächlich gewesen war. Ihre Ehe wäre eine Katastrophe geworden.

Trotzdem hätte sie es wissen müssen. Oder? Aber sie hatte ihrem Herzen vertraut und dieses hatte sie in die falsche Richtung geführt.

Sie konnte ihren Blick nicht von Tiffany und Steven abwenden, als der Priester sie zu Mann und Frau erklärte. Ein Schwall purer Freude durchdrang sie. Aus den Augenwinkeln sah sie, dass auch Nic glücklich lächelte. Sehnsucht schwoll in ihrer Brust, wurde immer mächtiger, sodass sie zu schmerzen begann…

Dann wanderten diese Augen, die ihr Herz zum Stocken bringen konnten, zu ihr hinüber.

Verdammt! Doppelt verdammt!

Sie fühlte sich schon ganz benommen, wenn sie diesem Mann nur in die Augen sah. Was war nur los mit ihr?

Sie richtete ihren Blick wieder auf Tiffany. Diese

sah strahlend glücklich aus mit ihrem Märchenprinzen an der Seite, mit dem sie praktisch den Gang entlang schwebte.

Lexis Blick wanderte erneut zu Nic. Gern wäre sie wie eine Krabbe im nächsten Sandloch verschwunden. Bald würde der Empfang im Mondlicht stattfinden und sie war sich wirklich nicht sicher, ob sie nicht etwas Dummes tun würde.

Zunächst musste sie an seiner Seite den Gang entlanggehen.

„Sie haben es getan", sagte er lächelnd, als er ihr kurz darauf seinen Arm hinhielt. Sie fuhr mit der Hand hindurch und gemeinsam gingen sie hinter der Trauzeugin und dem Trauzeugen her.

„Wie im Märchen", sagte Lexi und hielt den Blick stur nach vorn gerichtet. Sobald sie an der letzten Reihe vorbeigekommen waren, entzog sie Nic ihren Arm und ging zu Tiffany, um sie zu umarmen.

Sie spürte, dass Nic sie beobachtete, weigerte sich aber, in seine Richtung zu sehen. Sie traute ihrem Herzen nicht. Konnte ihrem Herzen einfach nicht trauen. Und hier, in dieser mondbeschienenen, ach so romantischen Umgebung, musste sie erst recht außerhalb der Reichweite des gutaussehenden Cowboys bleiben, der sie aus dem Meer gerettet hatte.

Der Mond schimmerte auf dem Wasser und die Lichter der Hochzeitsfeier warfen winzige Reflexionspunkte über den Sand und auf das Wasser, um sich am Horizont mit dem Mond zu treffen. Nic würde nach Hause gehen, sobald Tiffany und Steven in die Flitterwochen aufgebrochen waren.

Er stand am äußeren Rand des Lichts und seine Gedanken bewegten sich auf und ab wie der Gezeitenlauf. Der Empfang war in vollem Gange. Nic hatte sich den ganzen Abend über unruhig gefühlt. Was war nur los mit ihm?

Lexi.

Er bekam ihren Gesichtsausdruck, als Tiffany und Steven ihre Ehegelübde gesprochen hatten, nicht aus dem Kopf. Sein Herz hatte geschmerzt, als er daran gedacht hatte, dass sie vor dem Altar verlassen worden war. Wie hatte sie sich gefühlt? Sie hatte ihm gesagt, dass es ihr peinlich gewesen war. Und dass sie wütend geworden war.

Er dachte an alles, was sie gesagt hatte und verstand, dass Hochzeiten schwer für sie waren. Trotzdem war sie von der Zeremonie begeistert gewesen, dass hatte er ganz deutlich sehen können, als sie ihn angeschaut hatte.

Was tat er bloß?

Er hatte über den Sand zu ihr rennen und sie in seine Arme ziehen wollen. Er hatte das Unrecht ausmerzen wollen, das ihr an ihrem Hochzeitstag angetan worden war.

Aber er kannte sie erst seit vierundzwanzig Stunden. Und er war nicht gerade bekannt dafür, impulsiv zu sein. Damit konnte er jetzt nicht plötzlich beginnen, nicht wenn es um etwas so Wichtiges ging. Und schon gar nicht bei Lexi. Sie war bereits genug verletzt worden und das war leicht zu sehen.

Er hatte nicht nach Lexi Ausschau gehalten. Hatte nicht kommen sehen, wie sich ihr Kennenlernen auf ihn auswirken würde.

Und doch konnte er seit dem Moment, an dem er

wegen ihr in den Ozean gesprungen war, an nichts anderes mehr denken.

Nic entschied sich, wieder zur Party zurückzukehren und zurück ins Licht zu treten, damit Steven nicht auf den Gedanken kam, dass etwas nicht stimmte. Er ging auf direktem Weg zum Tisch mit der Torte und nahm sich zwei Stücke der cremeweißen Kreation. Dann ging er zu Lexi, die neben der Tanzfläche stand und einer Gruppe von Leuten zusah, die einen lebhaften Linedance tanzten.

„Hey, tanzt du nicht gern Linedance?", fragte er und blieb Schulter an Schulter mit ihr stehen. Er bot ihr die Torte an und sie nahm ihm mit einem Lächeln eines der Stücke ab.   „Nicht wirklich. Ich mag es nicht, vorzuspringen und die ganze Aufmerksamkeit auf mich zu ziehen."

„Das geht mir genauso. Obwohl ich gern dabei zusehe, wie alle anderen die Schritte durcheinanderbringen. Trotzdem möchte ich nicht derjenige sein, der nach links abbiegt, wenn alle anderen sich nach rechts drehen."

Sie lachte. „Oh ja, der Albtraum schlechthin."

„Genau das meine ich." Er lachte leise und aß einen Bissen seines Kuchens. Sie tat dasselbe. Er dachte, dass er wohl noch nie in angenehmerer Gesellschaft Kuchen gegessen hatte.

„Also", er räusperte sich. „Geht es dir gut?"

Im Schein der Lichterkette trübten sich ihre Augen. Nach einer Weile nickte sie. „Mir geht es tatsächlich gut. Danke, dass du gefragt hast. Das hätte ich nicht immer behaupten können. Aber ich habe es wirklich genossen zu sehen, wie Tiffany und Stevens Liebe die ganze Zeremonie durchdrungen hat."

„Das war nicht zu übersehen."

„Und so sollte es auch sein", sagte sie und sah ihn amüsiert an.

Es ging ihr gut. Vielleicht hatte sie ein paar Dinge aufarbeiten können, als die Gelübde gesprochen wurden. Der Ausdruck auf ihrem Gesicht war sowohl zärtlich als auch traurig gewesen – normale Gefühle bei einer Hochzeit, wie er annahm.

„Hey, möchtest du am Strand spazieren gehen? Es ist eine schöne Nacht. Außer natürlich, du möchtest lieber tanzen…-" Er ließ seinen Satz unbeendet in der

Luft hängen und Stille breitete sich trotz der dröhnenden Musik aus den Lautsprechern zwischen ihnen aus.

Lexi schob sich eine weitere Gabel voll Kuchen in den Mund. Er war sich sicher, dass sie ihm sagen würde, dass das keine gute Idee war. Stattdessen begannen ihre Augen zu funkeln. „Ich liebe Spaziergänge am Strand."

Ja.

Sie stellten ihre Teller auf einem Tablett ab und gingen auf das Wasser zu. Die Brandung machte dumpfe Geräusche, als sie erst heranrollte und sich dann wieder zurückzog. Die Musik der Hochzeitsfeier und das Lachen traten in den Hintergrund, als sie auf dem festen, feuchten Sand am Rande des Wassers entlanggingen.

„Wusstest du, dass Tante E und ihre Mädels hellauf begeistert darüber sind, dass wir morgen zu dir hinausfahren? Sie haben heute im Hotel gar nicht mehr aufgehört, darüber zu reden." Sie lachte, ein heiseres, weibliches Lachen.

Nics Puls beschleunigte sich noch mehr – er war bereits seit der Zeremonie, als er Lexi angesehen hatte, nicht mehr zur Ruhe gekommen.

Lexi hielt inne, um eine Muschel aufzuheben und hielt sie ihm dann hin. Der Mond verfing sich in den blassen Wirbeln aus Rosa und Gold, die sich auf dem cremeweißen Ton abzeichneten. „Schön, findest du nicht?" Sie lächelte und schaute dann aufs Meer.

Nic schluckte und wollte etwas sagen. Es fiel ihm jedoch schwer, Worte zu finden, denn eigentlich dachte er die ganze Zeit nur daran, dass er sie in seine Arme ziehen und so lange küssen wollte, bis sie ganz außer Atem wäre.

Der Spaziergang war eine schlechte Idee gewesen. Er wollte sie nicht davonjagen, bevor sie zu ihm auf die Ranch gekommen war und sie sich wegen des Caterings geeinigt hatten. Das war seine Eintrittskarte in Lexis Leben. So konnte er mit ihr in Kontakt bleiben und hoffentlich ihre „Cowboy-Grenzen" überwinden.

„Es gibt nichts Besseres als die Weite des Ozeans, um die Dinge wieder in die richtige Perspektive zu rücken."

Lexi sah ihn an. „Ja, das sage ich auch immer."

Jetzt, da er ein paar Worte herausgebracht hatte, fiel es ihm wieder etwas leichter zu atmen. „Ich verbringe viel Zeit an meinem Strand auf der Ranch. Es ist ein guter Ort zum Nachdenken."

„Ich kann mir gar nicht vorstellen, wie es ist, einen eigenen Strand zu haben. Das ist wundervoll. Ich kann zwar auch jederzeit aus meinem Bistro oder meinem Bungalow gehen und bin sofort am Strand, aber ein eigenes Stück Strand zu besitzen… das ist einfach zu cool."

Er lachte. „Es ist schön. Das ist natürlich noch ein weiterer Ort, den die Ranch als Veranstaltungsort zu bieten hat. Nicht, dass ich momentan das Potential des Pavillons oder des Strands voll ausschöpfen würde. Ich habe schließlich eine Ranch zu führen, aber das Potential ist da."

„Das klingt wirklich nach den perfekten Gegebenheiten. Ich muss zugeben, dass ich immer gespannter darauf bin, es zu sehen, je mehr ich darüber nachdenke."

„Gut, denn ich denke, beides passt perfekt zusammen." Genau wie wir, wollte er hinzufügen, tat es aber nicht.

Als sie sich herumdrehte, um ihn anzusehen, stand

sie plötzlich sehr nahe bei ihm. Nah genug, damit er sie küssen konnte. Er wollte ihr noch näher sein, mehr von ihrem süßen Duft riechen. Ihr wunderschönes Haar war zu einem losen Dutt gebunden, aus dem sich einige Strähnen und Locken gelöst hatten, die ihr ins Gesicht fielen. Er konnte sich nicht zurückhalten und steckte eine Strähne hinter ihr Ohr zurück.

Ihre Augen suchten seine, plötzlich vorsichtig. Sie schluckte und er sah, wie sich ihre Kehle bewegte und dachte, dass er sie gern dorthin küssen würde.

Er wusste nicht weiter.

Plötzlich erwachte das Mikrofon zum Leben. „Es ist an der Zeit, den Strauß zu werfen", kündigte jemand an.

Er schüttelte sich. Er war kurz davor gewesen, Lexi zu küssen und aller Voraussicht nach hätte er sie damit für immer verjagt.

Er bewegte sich etwas und sah in die Richtung, aus der die Worte gekommen waren. Lexi tat dasselbe. Tiffany winkte mit ihrem Rosenstrauß. Sie lachte, als einige der alleinstehenden Frauen auf die Sandfläche vor ihr rannten.

„Lexi Wilcox, schwing dich hier rüber", verlangte Tiffany lachend und sah zu ihnen herüber. Offensichtlich waren sie immer noch gut zu sehen, auch wenn sie sich im Schatten befanden.

Norma Sue löste sich aus der Menge und marschierte über den Strand. „Lexi, komm schon, komm hierher."

Lexi schüttelte den Kopf. „Nein, danke."

Esther Mae kam von der Punschschale herbeigeeilt.

„Lexi, Tiffany hätte dich gern mit in der Gruppe. Vielleicht fängst du ihn ja." Der Rotschopf strahlte.

Lexi hielt ihre Hände hoch, als wolle sie sie abwehren. „Ich möchte ihn aber gar nicht fangen."

„Unsinn." Norma Sue stemmte die Hände in ihre ausladenden Hüften. „Hab ein bisschen Spaß. Komm her oder sei ein Partymuffel."

„Okay, okay", sagte Lexi lachend. „Aber ich werde ihn nicht fangen. Ich meine es ernst, ich bin noch nicht wieder soweit, ans Heiraten zu denken. Auch wenn es nur darum geht, wer den Brautstrauß fängt."

Nachdem sie das gesagt hatte, ließ sie sich von ihnen zu der Gruppe drängen. Sie stand am Rande der stetig wachsenden Ansammlung von Frauen.

Alle scherzten und schubsten sich spielerisch aus dem Weg. Auch Lexi schubste zum Spaß etwas mit. Als Tiffany der Gruppe den Rücken zuwandte und sich darauf vorbereitete, die Blumen zu werfen, sah Lexi eher ängstlich aus als bereit. Nic fragte sich, ob sie wirklich nicht nach den Blumen greifen würde.

„Komm schon, Lexi, heb die Hände hoch und mach dich bereit", rief Esther Mae und hielt ihre eigenen Arme in die Luft, um Lexi zu zeigen, wie es ging. Die rothaarige Frau sah aus, als würde sie für die Texas Rangers auf dem Feld stehen, die Knie gebeugt, die Hände ausgestreckt. Nic gluckste. Lexi lachte über die verrückten Mätzchen ihrer Tante. Tiffany hatte der Gruppe den Rücken zugekehrt und warf den Blumenstrauß, der wie eine Rakete durch die Luft segelte – und Lexi ins Gesicht flog… nur um dann wie ein Stein vor ihr auf den Boden zu fallen.

CHAPTER ACHT

Lexis Gedanken waren so aktiv wie Ameisen, die sich auf den Winter vorbereiteten, als sie am Sonntag etwa eine halbe Stunde nach der Kirche das Tor der Sandbar Ranch passierten. Sobald der Gottesdienst zu Ende gewesen war, hatte Tante E sie alle wie eine Herde Rinder zur Tür und zum Parkplatz getrieben.

Lexi ging nacheinander alle Möglichkeiten für ihr Catering durch, als sie die Ranch erreichten. Sie musste absolut professionell sein. Man brauchte nicht sehr viel Vorstellungskraft, um zu sehen, dass Nic auf mehr hoffte als eine rein geschäftliche Beziehung mit ihr. Wie sie sich eingestehen musste, hätte sie am vergangenen Abend gern ihre Zweifel über Bord geworfen und sich auf das eingelassen, was sie in seinen hoffnungsvollen

Augen zur Kenntnis genommen hatte.

Aber sie konnte es nicht. Hielt das ihr Herz davon ab, in einen unsinnigen Taumel zu verfallen – nein. Es fiel ihr nicht schwer, sich mehr zwischen ihnen beiden auszumalen… aber es ging einfach nicht. Das würde nicht geschehen. Zu viel stand auf dem Spiel.

Die Kupplerinnen hatten beschlossen, dass sie im Anschluss an den Besuch auf Nics Ranch nach Hause nach Mule Hollow zurückfahren würden und so saß Lexi in ihrem eigenen Fahrzeug.

Es war ein abgekartetes Spiel und das wusste sie.

Sie betete um Geduld und Frieden inmitten all der Turbulenzen und versuchte, das Ganze positiv zu sehen. Wenn etwas geschah, das ihr nicht gefiel, konnte sie einfach in ihr Auto steigen und von hier verschwinden. Aber sie hatte nicht vor, die Dinge außer Kontrolle geraten zu lassen. An diesem Tag würde es nur um ihr Catering gehen.

Adela und Norma Sue saßen in einem Auto und Tante E und Millie fuhren bei Lexi mit. Das angespannte kleine Fellbündel bellte bei jeder sich bietenden Gelegenheit mit schrillen Lauten, was Lexis eigener Anspannung nicht gerade zuträglich war. Ganz zu schweigen davon, dass sich auf ihrer Stirn an der Stelle, wo sie der Strauß getroffen hatte, ein blauer Fleck zu entwickeln begann. Das war vielleicht beschämend gewesen!

„Wie schön es hier ist", sagte Adela, als sie alle vor der Scheune aus ihren Fahrzeugen stiegen. „Findest du nicht auch, Lexi?"

„Ja, sehr schön." Und das war es wirklich. Ihr war schon in dem Moment, als sie durch das Tor der Sandbar Ranch gefahren waren, klar gewesen, dass es der Ranch gut ging. Fohlen tummelten sich auf den am nächsten liegenden Weideflächen unter den riesigen Eichen. Und auf den entfernteren Weiden grasten schwarze Brangus-Rinder, soweit sie sehen konnte. Die gleiche Rasse, die auch ihr Vater gezüchtet hatte.

Das hier war nicht die Ranch ihres Vaters.

Nic kam aus der Scheune geschritten, von Kopf bis Fuß ganz der Cowboy, der er nun einmal war. Groß, schlank und rau in seinen Arbeitsstiefeln und verwaschenen Jeans. Das sonnengebleichte Shirt, das sich über breite Schultern spannte, schien mit zunehmendem Alter immer weicher geworden zu sein. Als er sich den Strohhut vom Kopf zog und sie angrinste, erlitt Lexi einen Cowboy Rückfall! Als hätte sie das nicht kommen sehen.

Trotzdem raste ihr Puls wie verrückt. Besser gesagt, er drehte völlig durch.

„Es freut mich, dass es dir gefällt", sagte er und blieb erst stehen, als er so nahegekommen war, dass er mit ihr hätte tanzen können. Er sah zu ihr hinunter und berührte sanft den blauen Fleck über ihrem rechten Auge. „Er sieht schon besser aus. Und nicht zerschrammt, so wie ich befürchtet hatte." Die sonnengebräunte Haut um seine Augen kräuselte sich. „Ich denke, diesem Brautstrauß hast du es so richtig gezeigt."

Meine Güte, der Mann roch so gut, so männlich und nach Leder. Sie lehnte sich etwas gegen seine Hand, versuchte aber trotzdem, aufrecht stehen zu bleiben. Sie lächelte, sie konnte nicht anders – offenbar untergrub dieser Mann ihre Willensstärke. „Ja, ich glaube, das habe ich."

Norma Sue schnaubte. „Wenn ihre Tante sie nicht abgelenkt hätte, dann würde sie heute vielleicht nicht mit so einer Beule herumlaufen."

„Es war nicht Tante E's Schuld. Ich habe einfach

den Strauß nicht gefangen.“

„Du hättest ihm aber zumindest ausweichen können“, entgegnete Norma Sue.

„Äh-häm“, räusperte sich Lexi dramatisch. „Sind wir nun hierhergekommen um uns Nics Ranch anzusehen, oder nicht?“ Sie entfernte sich einen Schritt von Nic, löste sich von der sanften Berührung seiner Hand und der Wärme seiner lachenden Augen. Kämpfte gegen das schier übermächtige Bedürfnis an, ihn zu berühren.

Er war letzte Nacht sofort zu ihrer Rettung geeilt. Er hatte sie aufgefangen und verhindert, dass sie fiel, nachdem sie zunächst dem Blumenstrauß ausgewichen und dann über die Frau gestolpert war, die ihn sich geschnappt hatte. Die arme Tiffany war ganz aufgelöst gewesen, als sie bemerkt hatte, wie hart die zusammengebundenen Stiele des Straußes waren, die Lexi beinahe umgehauen hätten.

„Ich freue mich, dass ihr da seid“, sagte er. „Ich habe alles vorbereitet.“

Im Schatten ihres weißen Stetsons machte sich ein breites Lächeln auf Norma Sues Gesicht breit. Sie schlug ihm auf den Rücken. „Heute wird ein großartiger

Tag."

„Oh ja, das wird er", schwärmte Esther Mae. Ihr rotes Haar passte zu ihrer knallroten Bluse, die sie zu Jeans und Stiefeln trug – die ebenfalls rot waren. „Ich kann es kaum abwarten, alles zu sehen. Auf den Strandabschnitt, von dem Sie sagten, dass Sie dort so gern reiten, freue ich mich am meisten. In Mule Hollow gibt es viele Seen und Flüsse, an denen man reiten kann, aber keinen Strand. Ein Strand ist so romantisch, finden Sie nicht auch, Nic?"

Nic grinste. „Ich sehe schon, Sie denken genauso wie ich."

Lexi musste zugeben, dass der Gedanke, am Strand entlang zu reiten, schön war. Mit Nic wäre es romantisch. Sie dachte nicht an Romantik. *Ja, genau.* Nein, sie dachte darüber nach, wie sehr Gruppen, die den Veranstaltungsort mieten würden, das Ganze genießen würden. Hier drehte sich alles um den Veranstaltungsort. Das Catering. Und was die Sandbar Ranch und das Sunflower Bistro zusammen alles auf die Beine stellen konnten.

Die Tatsache, dass ihr Blick weiterhin wie an Nic festgeklebt zu sein schien, lenkte sie ab und ärgerte sie.

Doch das konnte sie ignorieren. Konnte sie wirklich.

Es stellte sich heraus, dass Nic zwei prächtige Palomino-Pferde vor eine weiße Kutsche gespannt hatte, die sie auf der Ranch herumfahren würde. Das war perfekt. Da Adela vor Jahren das Reiten aufgegeben hatte, stellte das für sie alle die perfekte Möglichkeit dar, den Ausflug zu genießen. Diese Geste brachte ihm weitere Pluspunkte ein.

Dieser Mann wusste einfach, wie man die Augen einer Frau zum Leuchten brachte. Im Inneren der Kutsche befanden sich zwei breite gepolsterte Sitze, die einander gegenüberlagen und eine schmale Sitzbank oben für den Fahrer.

Natürlich sagte Tante E sofort: „Lexi, du sitzt mit Nic auf dem Fahrersitz. Wir wollen ja nicht, dass er alleine da oben sitzt."

Und da sowohl Norma Sue als auch Adela zustimmend nickten und sich beeilten, ihre Plätze einzunehmen, sah Lexi keine elegante Möglichkeit, aus diesem Arrangement zu entkommen. Außerdem bliebe ihr so mehr Zeit, übers Geschäftliche zu reden.

Nic sah äußerst zufrieden aus, so als ob er die Sitzverteilung genauso geplant oder zumindest antizipiert hatte. Sie hätte sich gern eingeredet, dass auch er sich über die Gelegenheit freute, mit ihr ausführlich über die geplante Partnerschaft zu reden, aber sie wusste es besser. Der Glanz seiner rauchfarbenen Augen verriet ihn.

Ohne jeden Zweifel war sie in einen Hinterhalt gelockt worden.

Er kletterte auf den Kutschbock hinauf und bot ihr seine Hand an. Sie zögerte. Sie wollte sagen, dass sie allein hinaufsteigen konnte, doch das wäre einfach nur unhöflich gewesen.

Seine muskulösen Schultern zogen sich unter seinem Hemd zusammen, als er sich mit ausgestrecktem Arm weiter nach unten beugte. Ihr Puls raste wie der Brazos Fluss an einem Hochwassertag und pochte in ihrem Kopf, als sie zu ihm aufsah.

Sie interessierte sich nicht für Cowboys.

Sie interessierte sich *nicht* für Cowboys.

Tat sie nicht.

Sie holte tief Luft und legte ihre Hand in seine. „Danke", sagte sie atemlos. Er zog leicht und sie stieg neben ihm auf und ließ sich auf den Sitz gleiten. Sofort zog sie ihre Hand aus seiner und hielt den Rücken durchgestreckt, als er sich neben sie setzte. *Geschäftlich.* Alles war streng geschäftlich, erinnerte sie sich erneut, als sie bemerkte, dass sich ihre Hüften auf der schmalen Bank fast berührten. Wenn sie nicht gerade halb über den Rand hängen wollte, gab es keine Möglichkeit, sich weiter weg zu setzen. Als er sich leicht bewegte, stieß seine Schulter gegen ihre und sie spürte, wie die Funken stoben – wäre es dunkel gewesen, hätte man sie mit bloßem Auge erkennen können.

„Ich bin froh, dass du gekommen bist." Sein Lächeln wurde breiter und diese gleich-vergesse-ich-alle-meine-Vorsätze-Augen zogen sie an.

Das war lächerlich! „Danke", knurrte sie, als sie spürte, dass sie unwillkürlich „ich auch" erwidern wollte.

Er grinste und beugte sich zu ihr. „Ich weiß, dass es nicht deine Wahl war, hier oben zu sitzen, aber es ist okay. Entspann dich."

Lexi kämpfte gegen die Versuchung, sich an ihn zu lehnen.

Hinter ihnen seufzte Tante E. „Das erinnert mich daran, wie Frauen früher umworben wurden."

Lexi warf ihr einen warnenden Blick über ihre Schulter hinweg zu. Ihre Tante zwinkerte bloß und Norma Sue zeigte ihr den erhobenen Daumen. Und Adela trug ihr heiteres Engelslächeln zur Schau, das sie hinter ihrer zarten Hand versteckte.

Sie sind völlig außer Kontrolle!

Die armen Leute in Mule Hollow taten ihr leid, sicherlich zogen Frauen nicht dorthin, nur damit man sich in ihr Leben einmischte, oder?

„Hey Boss, wo soll ich die hinbringen?", fragte ein Cowboy, der zwei bemerkenswert hübsche, gesattelte Pferde zu ihnen brachte.

„Binde sie einfach hinten an, Toby. Danke." Nic wandte sich an die Damen. „Ich dachte, wir nehmen zwei weitere Pferde mit. Wenn jemand am Strand reiten möchte, nachdem wir gepicknickt haben, dann kann er dies gern tun."

Natürlich liebten die drei die Aussicht darauf, Tante E's freudiges Kreischen sagte alles.

„Tolle Idee um sich einzuschleimen", murmelte Lexi. „Ich meine, das ist wirklich eine großartige Idee, um damit für den Veranstaltungsort zu werben."

Er gluckste. „Ja, das ist es."

Sie war sich nicht sicher, ob er das in Bezug auf das Einschleimen oder das Geschäftliche meinte. „Nic, denk dran, es geht heute ums Geschäft", erinnerte sie ihn und schaute dann geradeaus, als er den Wagen auf einen Stall zubewegte, der ein Stückchen die Straße hinunter stand.

„Natürlich geht es das. Aber du kannst es einem Mann nicht vorwerfen, wenn er versucht, eine schöne Frau zu beeindrucken." Ihre Schultern rieben aneinander, als sich die Kutsche sanft schaukelnd im Rhythmus der Pferde bewegte.

Ihr Magen machte einen Satz bei dem Gedanken, dass er versuchte, sie zu beeindrucken. Sie war so ein Trottel.

CHAPTER NEUN

„Ist das da dein Stall?", fragte Lexi. „Ich würde gern anhalten und mir ansehen, was du für Ausritte zu bieten hast."

„Ich habe mir gedacht, dass du das vielleicht tun willst. Ich züchte Pferde von hoher Qualität auf meiner Ranch. Ich werde euch die jungen Pferde zeigen." Er hatte vor, Lexi wieder mit dem Leben auf der Ranch in Berührung zu bringen, vielleicht tauchten dann auch gute Erinnerungen mit auf.

Ihre Reaktion war vielversprechend. Sobald er die Kutsche zum Stehen gebracht hatte, sprang sie vom

Kutschbock herunter, bevor er ihr auch nur anbieten konnte, ihr behilflich zu sein und rannte ohne zu warten in den großen Stall.

„Hallo meine Hübsche", sagte sie gerade, als er eintrat. Sie stand bei einer der hochträchtigen Stuten, die so ausladend war, dass das Fohlen jeden Moment kommen konnte.

Während die Kupplerinnen ausschwärmten und das Gebäude unter die Lupe nahmen, trat er neben Lexi und rieb mit ihr den seidenweißen Stern zwischen den samtbraunen Augen der Stute.

„Delta mag dich", sagte er.

„Pferde mögen Lexi immer", warf Esther Mae ein. „Ist doch so, oder Lexi?"

„Ja, das liegt daran, dass ich mich in ihrer Gegenwart immer wohl gefühlt habe. Sie spüren das."

„Pferde haben ein hervorragendes Gespür für Menschen", fügte Norma Sue hinzu, die mit Adela ein paar Zwillingsfohlen bewunderte, die ein paar Boxen weiter untergebracht waren. „Sie wissen, ob man sich für sie interessiert oder ob sie einem egal sind."

Nic beobachtete, wie sich verschiedene Gefühle auf

Lexis Gesicht abwechselten.

„Oh, da draußen gibt es noch mehr zu sehen", sagte Adela und ging mit Norma Sue und Esther Mae, die hinter ihr hereilten, anmutig aus dem Stall.

Plötzlich waren er und Lexi allein.

„Hat dein Vater auch Pferde gezüchtet? Oder hattet ihr nur ein paar für die Ranch?", fragte er, als er sah, dass sie Delta mit einem sehnsüchtigen Blick betrachtete.

„Wir haben auch ein paar aufgezogen."

Ja, die Sehnsucht in ihrer Stimme war unverkennbar. „Das hat dir Freude bereitet." Das war keine Frage. Er konnte es in ihrem Gesicht sehen.

Ihre Hand streichelte Delta. „Ich, ich habe es geliebt." Sie hob die hellen Augen zu seinen. „Die Geburt eines neuen Fohlens war immer etwas Besonderes. Es fühlte sich an wie Weihnachten, wenn ein neues geboren wurde. Ich habe immer mitgeholfen."

Nic verschlug es beinahe den Atem, als er sie ansah. Wie schlimm mochte es gewesen sein, als ihr Vater die Ranch verloren hatte?

„Nie werde ich die Nacht vor meiner Hochzeit

vergessen…" Sie hielt inne und er war sich nicht sicher, ob sie weitersprechen würde, aber dann lachte sie leise, holte tief Luft und sah zurück zu Delta. „Wie auch immer, meine Lieblingsstute, Morning Star, war überfällig und Daddy und ich haben die ganze Nacht gebraucht, um das Fohlen zu retten. Letztlich habe ich es nicht zu meiner eigenen Junggesellinnenparty geschafft." Sie lächelte breit und es erwärmte Nics Herz, das zu sehen.

„Wow, du warst mit Leib und Seele dabei."

„Ich hätte es nicht missen wollen. Tulip kam gesund und wunderschön zur Welt und… und Daddy und ich waren um eine hinreißende gemeinsame Erfahrung reicher."

Sie wandte sich von Delta ab, schlang die Arme umeinander und blinzelte heftig. Tränen schimmerten in ihren Augen.

„Alles okay?"

Sie winkte ab und grinste kurz, sah aber alles andere als glücklich aus. „Ja, ich habe bloß schon eine Weile nicht mehr daran gedacht. Ich denke nicht gerne daran zurück."

Er legte einen Arm um ihre Schultern und zog sie in eine seitliche Umarmung. „Es tut mir leid, dass dein Vater seine Ranch verloren hat."

Sie räusperte sich und entzog sich der Umarmung. „Mir auch. Er hat sie geliebt. Es brach mir beinahe das Herz, als ich mit ansehen musste, wie er sie verlor." Bevor er etwas erwidern konnte, fixierte sie ihn mit einem spitzen Blick.

„Ich habe diesen Teil meines Lebens hinter mir gelassen. Ich könnte das nicht noch einmal durchmachen. Du weißt schon, wieder ein Teil dessen sein." Sie holte tief Luft und ihre Augen begannen zu leuchten. „Aber andere besuchen, mich um das Catering kümmern und Empfehlungen für die Ranch aussprechen, das kann ich trotzdem tun."

„Aber du liebst es."

„Ich liebe mein Leben, so wie es jetzt ist. Ich möchte nicht zurückblicken. Es tut mir leid, Nic. Das möchte ich nicht." Sie schritt zum Ausgang und er folgte ihr.

Das war nicht so gelaufen, wie er gehofft hatte. Er folgte ihr und als er nach draußen trat, sah er die

Kupplerinnen neben der Kutsche stehen. Nachdem sie alle wieder aufgestiegen waren und Platz genommen hatten, lenkte er die Kutsche eine unbefestigte Straße entlang, die die Ranch querte und zum Strand führte. Es war ein schöner Strandabschnitt, ein einsamer, unerschlossener Ort.

Lexi sagte nur wenig, während sie unterwegs waren, offensichtlich war sie in Gedanken versunken. Sie hatte von Anfang an klar gesagt, warum sie hier war. Hatte er sich zu viel erhofft? Wollte er etwas, das außerhalb seiner Reichweite lag? Etwas, das nicht gut war für Lexi?

Oder könnte er ihr helfen, mutig genug zu sein, um einen Teil ihres Lebens zurückzugewinnen, den sie geliebt hatte. Denn sie hatte zwar gesagt, dass sie nicht zurückwollte, aber die Emotionen in ihrer Stimme hatten etwas anderes gesagt.

Er war dankbar für die Gelegenheit, ihr die Ranch zeigen zu können. Heute ging es um mehr als nur ums Geschäft und es war ihm egal, wie Lexi es nannte. Er hatte nicht vor, einen einzigen Moment zu verschwenden.

Sobald er an der Stelle anhielt, an der das Gras in den Sand überging, stiegen die Damen aus.

Norma Sue schob sich den Stetson aus der Stirn und sorgte so dafür, dass ihr ihr buschiges graues Haar um die Schläfen sprang. „Wir schauen uns deinen Strand an, Nic."

Esther Mae grinste. „Das ist richtig, bleibt ihr ruhig hier und lasst euch Zeit."

Adela schirmte ihren Blick mit einer Hand ab und sah dabei so zerbrechlich aus, dass er befürchtete, der Wind könnte sie umwehen. „Wir kommen dann wieder. Wir müssen uns nur den Strand mal aus der Nähe ansehen. Die windgepeitschte Schönheit dieser Gegend ist so großartig, dass ich stundenlang staunen könnte. Ihr zwei solltet einen Spaziergang machen und es genießen." Sie zwinkerte ihnen aus ihren blau schimmernden Augen zu und ging.

Nic gluckste und sah zu, wie sie sich aufgeregt unterhaltend über das Strandgras durch die Dünen bewegten.

Er wandte sich zu Lexi um.

Sie roch nach Zucker und Zimt und er beugte sich

noch weiter zu ihr. Obwohl es jeder Logik widersprach, konnte er nicht genug von ihr bekommen. „Du hast leckeres Gebäck für unser Mittagessen gebacken, oder?", fragte er und lenkte die Unterhaltung auf ein anderes Thema als die Ranch. „Du riechst köstlich."

Ihre Augen blitzten auf. Er war ihr nahe genug, dass er sich nur noch ein kleines Stück vorbeugen müsste, um sie zu küssen.

Und sich wahrscheinlich eine Ohrfeige einzufangen.

Sie setzte sich aufrechter hin. „Ich wollte dir zeigen, was ich zu bieten habe. Jeden Morgen beginne ich gegen 5:30 Uhr damit, alles frisch zu backen. Heute Morgen habe ich dasselbe getan, um es in die Kirche zu schaffen."

Er grinste. „Ich stehe um die gleiche Zeit auf und reite meine Pferde. In der Kühle des Morgens bringen sie eine bessere Leistung. Besonders im August mit all diesen sengenden Tagen, die wir hier haben. Aber es fällt mir leicht, da ich von Natur aus ein Morgenmensch bin. Du bist auch ein Morgenmensch."

Sie runzelte die Stirn. „Vielleicht schleppe ich mich

ja jeden Morgen aus dem Bett, weil ich an die Arbeit muss."

Er lachte. „Ja, genau. Du weißt, dass das nicht stimmt. Dann hättest du kein Bistro eröffnet. Hilfst du mir dabei, das Mittagessen vorzubereiten? Ich habe mir gedacht, dass ein Mittagessen am Strand toll wäre." Er stieg von der Kutsche herunter; musste sich dringend etwas von ihr entfernen, bevor er etwas Dummes tat.

„Das tue ich gern", sagte sie und griff nach der Hand, die er ihr hinhielt. Dann nahm er die Decke und den großen Korb, den sie gepackt hatte und ging auf den Strand zu. Lexi folgte ihm. „Und du bist trotzdem ein Morgenmensch", rief er über seine Schulter, unfähig, damit aufzuhören, sie zu necken.

„Okay, gut. Erwischt. Ich liebe den Morgen."

„Außerdem magst du Sonnenaufgänge. Du musst lächeln, wenn du am Strand stehst und siehst, wie die ersten Sonnenstrahlen am Horizont leuchten."

Sie holte ihn ein, als er oben auf der Düne angekommen war. „Woher weißt du das?", wollte sie wissen und brachte ihn erneut zum Lachen.

„Ich kann es spüren. Die meisten Menschen

beobachten gern Sonnenuntergänge. Aber Sonnenaufgänge zu erleben kostet Mühe. Sicher, manch einer sieht sie, weil er früh zur Arbeit muss. Aber du hast dich aus einem bestimmten Grund für das Bistro entschieden und das Erleben von Sonnenaufgängen war ein Teil davon."

Ihre Brauen zogen sich zusammen. „Das ist beinahe zu scharfsinnig. Hat dir meine Tante das erzählt? Ich werde…-"

„Einen Moment, dreh deiner Tante nicht den Hals um oder so. Ich hatte einfach so eine Ahnung." Er ging die Düne hinunter und stellte den Korb ab. Der unberührte Strand wurde vom Wind gepeitscht, etwa zwanzig Meter von dem Ort entfernt, an dem sie standen, ging der Sand in kristallklares Wasser über.

„Oh, das ist…" Sie verstummte, als sie an ihm vorbeiging, um auf das Wasser hinauszuschauen. „Einfach nur faszinierend."

Die drei Damen winkten ihr aus einiger Entfernung zu. Sie winkte zurück, drehte sich dann zu ihm um und nahm ihm das eine Ende der Decke ab. „Reitest du deswegen am Morgen?", fragte sie und setzte ihre

Unterhaltung fort.

Sie war so wunderschön. *Konzentriere dich, Corbin.* „Es gibt nichts Schöneres als die Stille des Morgens, wenn ich und mein Pferd Staub aufwirbeln kurz bevor die Sonne aufgeht. Dann ist es, als ob es nur uns beide gäbe. Und dann geht langsam die Sonne auf und ich halte an, schaue mir das Schauspiel an und spreche ein Gebet für den Tag." Dieses Detail behielt er normalerweise für sich. Aber Lexi war anders.

„Das mache ich auch. Meist stehe ich auf der Terrasse, bevor ich das Bistro aufschließe und spreche ein Gebet, während ich zuschaue. Wie kann man das auch nicht tun?" Sie sah ihn an, als würde sie zum ersten Mal wirklich ihn sehen und nicht den Cowboy, den sie ständig zurückzuweisen versuchte.

Triumph erfüllte ihn, ein hoffnungsvoller Schwall wie der Adrenalinstoß eines Läufers, wenn die Ziellinie in Sicht kommt. „Ich wusste es."

Sie sah weg und unterbrach den Kontakt. Sie ging ein paar Schritte zurück und schüttelte ihr Ende der Decke aus und er tat dasselbe. Die Decke blähte sich auf und senkte sich dann auf den Sand herab. „Ich denke, wir werden gut zusammenarbeiten, Nic. Ich sehe viele Möglichkeiten." Geschickt hatte sie das Thema gewechselt.

Er griff nach dem Korb und stellte ihn mitten auf die Decke. Sie sank auf die Knie und sah zu ihm auf. „Du hast gezeigt, was du zu bieten hast, jetzt setz dich hin. Ich bin an der Reihe."

Mit klopfendem Herzen ließ er sich neben ihr nieder. Lexi mochte glauben, was sie wollte, aber sie war im Unrecht.

Das alles war viel mehr als nur gute Zusammenarbeit.

Sie mochte verängstigt sein und davonlaufen und alles abstreiten, was sie wollte, aber er wusste, dass er Sonnenaufgänge nicht mehr alleine betrachten wollte.

Er wollte sie mit Lexi gemeinsam anschauen.

CHAPTER ZEHN

„Wie meint ihr das, ihr müsst los?"

Lexi starrte ihre Tante, Norma Sue und Adela bestürzt an. Der Hinterhalt war Realität geworden.

Sie waren über die Düne zurückgestapft gekommen und hatten sie darüber in Kenntnis gesetzt, dass sie unverzüglich nach Mule Hollow zurückkehren mussten. Und sie bestanden darauf, dass sie und Nic am Meer blieben und das Picknick genossen, das sie bereits auf der Decke ausgebreitet hatten!

„Ja, wir müssen zurück. Millie wäre fast schon wieder in den Ozean gesprungen und eine Wiederholung des Vorfalls von vor zwei Tagen ist wirklich das Letzte, was wir wollen", sagte Norma Sue und stemmte die Hände in die Hüften, als sie das Essen betrachtete, das Lexi auf der Decke ausgebreitet hatte. „Das sieht gut aus Lexi. Ihr zwei solltet das wirklich essen."

„Das stimmt", sagte Tante E und versuchte, die sich windende und völlig durchnässte Millie in ihren Armen unter Kontrolle zu bringen. Sie war erneut ins Wasser gerannt, aber Norma Sue hatte sie packen können, bevor der Ozean sie mit sich zog. „Es sieht wirklich ausgesprochen gut aus. Ihr bleibt hier und esst zu Mittag und anschließend reitet ihr mit den Pferden zurück."

„Nein, ich muss euch doch zurückfahren", sagte Nic.

Norma Sue riss indigniert ihr Kinn hoch. „Mein Sohn, ich bin schon Kutschen gefahren, noch bevor Sie ein Augenzwinkern in den Augen Ihres Vaters waren. *Ich* fahre die Kutsche zurück zur Scheune."

„Sie kann es wirklich", versicherte ihm Adela.

„Ja, das kann sie." Esther Mae gelang es kaum, ihre Aufregung über den Plan zu verbergen, den sie und ihre beiden Komplizinnen auf ihrem Spaziergang am Strand ausgeheckt hatten. Sie waren so durchschaubar wie Quellwasser. Die Tatsache, dass Millie ins Wasser gerannt war, war nur die Krönung ihres Plans. Lexi hatte sie durchschaut.

Trotzdem war sie hin und her gerissen, was zu tun war. Sie wollte unbedingt mit Nic über das Catering sprechen, aber sie hatte ihre Gefühle nicht unter Kontrolle und musste die ganze Zeit dagegen ankämpfen, das Gespräch auf persönlichere Themen zu bringen. Der Abstecher in den Stall hatte Gefühle geweckt, die sie vor langer Zeit tief in ihrem Herzen verborgen hatte. Und dann war er auch noch so verdammt charmant. Er war nur schwer zu ignorieren.

„Nein, wir gehen", sagte sie und entschied, dass es das Beste wäre, das Sicherste. „Wir können ein andermal darüber reden." Mit Nic hier draußen zu bleiben war einfach zu gefährlich.

Sie musste sich so schnell und so weit wie möglich von ihm entfernen.

„Das wirst du nicht tun." Ihre Tante hielt Millie fest

und umarmte sie mit einem Arm. Millie leckte ihr über die Wange. „Du hast das alles vorbereitet und Nic muss schon das Wasser im Mund zusammengelaufen sein, so lecker sieht alles aus. Und der Geruch! Es wäre grausam von dir, jetzt zu gehen."

„Ich kann ihm ja den Korb dalassen."

„Nein", sagte Adela und kam nun ebenfalls zu ihr, um sie zu umarmen. „Wir haben eine lange Fahrt vor uns. Du musst die Lücke füllen, die wir hinterlassen. Und iss diesen Käsekuchen."

Trotz ihres Ärgers musste Lexi lachen. Wie konnte man zu Miss Adela schon Nein sagen? „Gut. Ich bleibe." Ihr Magen flatterte, als sie Nic ansah.

„Und Sie sind sicher, dass Sie das hinkriegen?", fragte Nic Norma Sue.

„Legen Hühner Eier? Ja, ich schaffe das."

Die Kupplerinnen umarmten sie und Nic als würden sie sie nie wiedersehen und stiegen dann in die Kutsche, Norma Sue nahm auf dem Kutschbock Platz.

„Wissen Sie, meine Urgroßmutter war Postkutscherin", rief sie von ihrem Platz aus, dann zog sie ihren Stetson tief in die Augen und grinste so breit, dass ihre dicken Wangen glänzten. „Ich habe schon immer eine gewisse Sehnsucht danach verspürt, in dieser Zeit zu leben. Diese Fahrt wird mir guttun. Mädels, passt auf eure Haare auf."

Sie schlenzte mit den Zügeln und die Pferde trabten so schnell an, dass Esther Mae und Adela Halt suchend die Seitenwände der Kutsche umklammerten.

„Norma Sue!", kreischte Tante E. „Wag es nicht, wie eine Verrückte zu fahren. Wir sind nicht The Wells, Fargo und ganz sicher sind wir auch nicht der Pony Express!"

Norma Sue lachte laut und wendete das Gespann und die Kutsche in einem perfekten Bogen um einhundertachtzig Grad und dann ging es los. Ihr Gelächter war noch eine Weile zu hören, als die Kupplerinnen am Horizont verschwanden.

Nun war Lexi auf sich allein gestellt, allein mit einem Mann, der lächelnd ihre Verteidigungsmauern zum Einsturz brachte.

Sie wusste, dass sie in diesen Wagen hätte steigen

sollen. Aber nun war es so.

Sie war nicht eingestiegen…

Stille umgab Lexi und Nic.

„Nun, noch offensichtlicher hätten sie kaum sein können", sagte Lexi schließlich und sah ihnen nach.

Nic lachte und fühlte, wie ihn eine große Leichtigkeit erfüllte. Er mochte die drei Damen sehr, sehr gern. Aber sein Tag war auf einer Skala von eins bis zehn gerade auf eine zwanzig angestiegen. „Ich denke nicht, dass sie versuchen, diskret zu sein. Ich glaube, sie fühlen sich in ihrer Rolle als Kupplerinnen sehr wohl. Und…", er hielt inne, als die Meeresbrise Haarsträhnen in ihr Gesicht wehte. „…ich denke, sie sind wirklich gut in dem, was sie tun." Er griff nach den Strähnen und seine Finger berührten ihre Stirn, als er sie ihr aus dem Gesicht strich.

Sie schluckte schwer. „Was meinst du?"

Das Bedürfnis, sie zu küssen, war überwältigend. „Du weißt, was ich meine."

„Weiß ich nicht", stammelte sie, ihr Blick fiel auf seine Lippen.

Er atmete ihren süßen Duft ein. „Sie erkennen es, wenn zwei Menschen gut zusammenpassen. Sie haben genau dasselbe erkannt wie ich, als ich dich aus dem Meer getragen habe."

Sie schüttelte den Kopf. „Wir passen nicht zusammen. Ich interessiere mich nicht für Cowboys. Oder eine Ranch."

„Deine Augen sagen etwas anderes."

„Was soll das heißen?", fragte sie, ihre Augen flackerten empört.

Er gluckste und ließ seinen Finger über die Wölbung ihres Kiefers gleiten. Und dann hob er ihr Kinn ein wenig und küsste sie.

Er hatte das nicht geplant. Schließlich hatte sie die erstaunliche Chemie zwischen ihnen abgetan. War nicht bereit, zu erkennen, dass das, was zwischen ihnen war, viel tiefer ging als Chemie und Anziehung.

Sie schnappte nach Luft, als er ihre weichen Lippen in Besitz nahm und alle Gedanken waren mit einem Mal vergessen. Für einen kurzen Moment verschmolz sie mit ihm und erwiderte den Kuss mit der gleichen Intensität. Ihre Herzen donnerten im Einklang und er schloss seine starken Arme um sie, als gehörten sie dorthin. Das war alles, was er jemals gewollt hatte – sein Atem stockte. *Whoa*! Beunruhigung überkam ihn. *Whoa*! Sofort, wenn auch nicht ohne Bedauern, zog er sich zurück. Diese Sache war ihm wichtig und dazu gehörte Selbstbeherrschung. Lexi war etwas Besonderes und er würde es nicht vermasseln. Er grinste und versuchte, weniger erschüttert zu wirken als er war. Dabei war doch in Wirklichkeit gerade alles an seinen Platz gerutscht.

Lexi sah ihn verblüfft an. Sie legte eine Hand auf seine Brust und starrte ihn aus verwirrten, glasigen Augen an. „Was?", war alles, was sie herausbrachte.

„Yup, da ist definitiv etwas zwischen uns."

Nach dieser Aktion konnte er von Glück reden, wenn sie nicht einfach auf eines der Pferde sprang und ihn in wildem Galopp hinter sich ließ. Er musste sich dringend irgendwie beschäftigen, daher lehnte er sich zur Seite und holte zwei Dosen Limonade aus dem Picknickkorb. Seine Finger zitterten leicht, als er sie öffnete. Er hielt Lexi eine Dose hin.

Sie legte den Kopf schief und musterte ihn. Er lächelte und wackelte leicht mit der Limo. Sie schnaubte und griff nach der Dose, dann hielt sie sie sich an den Mund und trank die karamellfarbene Flüssigkeit.

„Vielleicht hast du recht", schnappte sie. „Das Problem ist nur, dass es keine Rolle spielt. Ich werde nichts tun, was ich nicht tun möchte. Und mit einem Cowboy auszugehen – auch wenn es einer ist, zu dem ich mich hingezogen fühle – ist keine Option."

Er war zu weit gegangen. Er wusste es und ihm war klar, dass er besser sofort etwas dagegen unternahm. „In Ordnung. Lass uns zu Mittag essen und dann reiten wir ganz entspannt zurück zur Scheune." Sie sah ihn an, als hätte er den Verstand verloren. Das hatte er wohl auch!

„Entspann dich", sagte er. „Ich verspreche es. Ich werde heute nicht noch einmal versuchen, dich zu küssen. Auch wenn du das plötzlich möchtest." Er zwinkerte, sein Inneres summte noch immer als

Reaktion auf den Kuss.

Sie knurrte und ließ sich auf die Decke sinken. „Du bist unverbesserlich."

„Vielen Dank. Ich gebe mir Mühe."

„Das war kein Kompliment, nur damit du es weißt", sagte sie trocken und nahm sich eine große Erdbeere aus der Schüssel, während sie eine Braue hochzog.

„Ich weiß nicht", gluckste er und zog selbst die Stirn in Falten, als sie mit der Erdbeere auf halbem Weg zu ihren Lippen innehielt. „Soweit ich weiß, bedeutet das Wort hartnäckig und hartnäckig ist mein zweiter Vorname. Besonders wenn es darum geht, dass ich etwas bekomme, was ich wirklich will."

Ihre azurblauen Augen verengten sich. Sie schluckte und ließ dann die Erdbeere in ihren Mund fallen.

Innerlich musste Nic lächeln. Sie fühlte sich stärker zu ihm hingezogen, als sie zu erkennen gab. Punkt eins für den Cowboy.

CHAPTER ELF

Lexi ließ sich nach dem Kuss auf die Decke sinken, da sie ihren Beinen nicht zutraute, sie irgendwohin zu tragen. Sie wollte davonlaufen – aber ihre Beine fühlten sich im Moment an wie schlabbrige Nudeln.

Also saß sie hier bei einem Picknick fest, bei dem sie so tun musste, als würde sich da nicht gerade etwas zwischen ihnen entwickeln.

In Wahrheit war sie furchtbar verängstigt.

Sie war drauf und dran, sich in Nic Corbin zu verlieben.

Irgendwie überstanden sie das Picknick, das aus Limonade, einer Auswahl an leckeren Sandwiches und cremigem Käsekuchen bestand. Außerdem gab es Käse, Weintrauben und Cracker zusammen mit anderem Fingerfood. Lexi aß von allem ein bisschen – essen war einfacher als reden!

Ihre Nerven lagen blank, seitdem er sie geküsst hatte und auf einer Skala von eins bis zehn befand sich ihr Drang wegzulaufen, ungefähr bei einer zwanzig. Aber sie blieb. Sie hielt es für besser, ihm zu zeigen, dass der Kuss ihr nichts bedeutet hatte. Was natürlich eine Lüge war.

Er hatte sie hereingelegt. Und sie hatte völlig vergessen, warum sie überhaupt auf seine Ranch gekommen war. Catering. Was für ein Catering? Sie war sich nicht sicher, ob sie diesen Plan weiterverfolgen sollte. Nicht nach dem Kuss. Nicht nachdem sie sich so zu ihm hingezogen fühlte, seit sie hier bei ihm auf der Ranch war.

„Nic, lass uns reiten." Sie sprang auf ohne seine Antwort abzuwarten und ging zu dem Pferd, dass sie sich ausgesucht hatte, um dessen Sattel zu überprüfen.

Es hieß Rodeo und sah schlank und schnell aus. Genau das, was sie brauchte.

„Wie lange ist es her, seit du das letzte Mal geritten bist?", fragte Nic und trat neben sie, gefährlich nahe und doch ohne sie zu berühren.

„Ungefähr zwei Jahre." Sie entfernte sich von ihm, nach der Trennung war sie so niedergeschlagen gewesen, dass sie den Gefühlen, die seine Nähe verursachte, einfach nicht nachgeben konnte.

„Du wirst das gut machen", ermutigte er sie.

An diesem Wochenende war ihr aufgefallen, dass er gut darin war, sie zu ermutigen. Jetzt brachte es sie zum Lachen.

„Ja, da bin ich mir sicher", sagte sie, dann griff sie nach dem Sattelhorn, trat gekonnt in den Steigbügel und schwang das andere Bein hinüber. Er musste einen Schritt zurücktreten, um ihr aus dem Weg zu gehen.

Ihre dünnen Schuhe fühlten sich fremd in den Steigbügeln an, war sie doch immer mit den Stiefeln geritten, die sie schon jahrelang getragen hatte. Dieses Paar hatte sie am Morgen, nachdem Lance sie verlassen hatte, ins Meer geworfen. Sie hatte sie von sich geschleudert – und nicht vorgehabt, jemals wieder welche anzuziehen.

Und tatsächlich hatte sie das bis heute nicht getan.

Sie setzte sich in den Sattel und sah auf ihn herab. Dort oben hatte sie das Gefühl, die Situation besser unter Kontrolle zu haben. „Ich mag ja eine Weile nicht geritten sein, aber das verlernt man nicht.“

„Nicht, wenn man gut reiten kann. Das kannst du, nicht wahr?“ Er legte eine Hand auf ihr Knie. Die sanfte Berührung durchfuhr sie und sie zuckte zusammen. Auch Rodeo zuckte zusammen und tänzelte zur Seite, die Ohren angelegt warf er seinen Kopf zurück. Sie verstärkte den Griff um die Zügel und fühlte Rodeos Instinkt zu fliehen stärker als das Pferd selbst.

Sie warf einen Blick auf Nic, der nach dem Zaumzeug des Pferdes gegriffen hatte, als dieses unruhig wurde. Bei seiner Berührung hatte ihr Puls sofort wieder Fahrt aufgenommen. „Finde es doch heraus. Wettrennen.“ Sie sah das Leuchten der Überraschung in Nics Augen und spürte einen kleinen Triumphstoß angesichts dessen, dass es ihr gelungen war, ihn ein wenig aus dem Gleichgewicht zu bringen, so wie er es mit ihr getan hatte.

Mit einem leichten Druck ihrer Knie setzte sie den Wallach in Bewegung. Sie vernahm noch Nics heiseres Lachen, als Rodeo den ebenen Feldweg entlang raste. Lexi lachte übers ganze Gesicht, als ihr der Wind über die Haut und durch die Haare strich und sie den Nervenkitzel des Rennens spürte. Sie lehnte sich leicht nach vorne und lachte vergnügt… das hatte sie vermisst.

Das Geräusch donnernder Hufe signalisierte ihr, dass Nic die Verfolgung aufgenommen hatte. Sie warf einen Blick über die Schulter zurück und ihr Herz schlug voller Aufregung in Anbetracht der Herausforderung der Jagd. Nic ritt hart, den Picknickkorb auf dem einen Knie, die Zügel in der anderen. Er hatte einen Nachteil, aber dafür hatte er in den letzten Jahren auch mehr Zeit im Sattel verbracht als sie.

Rodeo war schnell. Das hatte sie sich schon gedacht, so wie das Pferd aussah und diese Eigenschaft genauso wie die Schönheit des Pferdes bewundert. Dasselbe traf auch auf Duke, Nics Pferd, zu.

Sie konzentrierte sich auf das Gelände vor ihr, bemerkte aber, dass Dukes Hufe immer lauter klangen, je mehr ihre Verfolger an Boden gewannen.

Lexi beugte sich tief vor und spürte, wie Rodeos Mähne sie an der Nase kitzelte. Sie rieb seinen Nacken. „Komm schon Junge", drängte sie und ließ ihm die Zügel frei. Sofort spürte sie, wie sich seine Muskeln spannten und er noch schneller wurde, so als ob er wüsste, dass sie ihm die Kontrolle überlassen hatte.

Lexi lachte vor Freude, warf einen Blick über ihre Schulter und sah, dass Nic und Duke kaum zwei Pferdelängen hinter ihnen waren. Duke war sehr schnell. Nic konnte stolz sein. Er war ein ausgezeichneter Reiter und sogar mit dem Korb auf einem Knie hatte er es geschafft, sie einzuholen. Sie ließ Rodeo noch einen Moment der Freiheit, bevor sie ihn zügelte.

Sie räumte ihre Niederlage ein, auch wenn sie das nicht gern tat und brachte Rodeo in einen leichten Trab, damit er sich etwas abkühlen konnte, bevor sie die Scheune erreichten. Nic tat dasselbe und brachte sein Pferd neben ihres.

„Das war unglaublich“, sagte sie atemlos vor Freude.

Sein Lächeln war umwerfend, sein Blick gefährlich. „Ich wusste, dass du ein Cowgirl bist.“

„Ich hatte vergessen, wie fantastisch es ist, zu reiten. Einfach loszulassen und zu fliegen“, sagte sie überschwänglich, während sie ihn anlächelte.

„Ja, es ist unglaublich. Genauso wie du, Lexi. Du gehörst hierher, daran habe ich nicht den geringsten Zweifel.“

Etwas Besseres hätte er nicht sagen können, um sie wie mit einem Eimer Eiswasser wieder in die Realität zurückzuholen und die Flamme der Begeisterung zum Erlöschen zu bringen.

Mit einer einzigen, fließenden Bewegung stieg Lexi aus dem Sattel und band Rodeo am Geländer fest, bevor Nic es mit dem Picknickkorb auch nur geschafft hatte, abzusteigen.

Vor Wut kochend, eilte sie auf ihr Auto zu. Was hatte sie sich bloß gedacht?

„Hey, warte“, rief Nic.

Sie ging weiter, sodass er joggen musste, um sie einzuholen.

„Warum gehst du so plötzlich? Bist du sauer?"

Ob sie sauer war? Sie wirbelte herum und starrte ihn an. „Ja, das bin ich, Nic. Du bist erbarmungslos. Erbarmungslos. Es hat wahnsinnig Spaß gemacht, alles klar, ich gebe es zu. Das hat es. Ich finde dich..." Sie verlor sich beinahe in seinen ausdrucksstarken Augen, bevor sie fauchte: „Ich finde dich *unglaublich*. Ja, es ist wahr. Du hast mich gerettet und deinen Anzug und die teuren Stiefel im Salzwasser ruiniert. Also ja, ich mag dich. Und ja, ich mag auch deine Ranch. Und noch einmal, ich mag dich. So, ich habe es zugegeben. Es laut ausgesprochen. Fertig. Bist du jetzt glücklich?"

Sein Mund stand offen und die Augenbrauen hatte er zusammengezogen, so als ob sie ihn mit einem schlaffen Fisch oder etwas Ähnlichem geschlagen hätte. „Ja, bin ich", sagte er und löste sich aus seiner kurzweiligen Erstarrung. Sein verwirrter Blick wurde wieder ernst.

Sie rammte ihm einen Finger in die Brust und drängte ihn einen Schritt zurück. „Das Problem, das du nicht zu sehen scheinst, ist, dass mich das nicht glücklich macht."

„Du hattest einen Mordsspaß. Du hast es selbst

gesagt. Ich habe es gesehen."

„Für einen Moment hat es sich beinahe so angefühlt... als wäre ich wieder zu Hause. Aber ich möchte nicht wieder nach Hause. Verstehst du das nicht? Ich *liebe* mein neues Leben." Sie schlug sich mit der Hand aufs Herz. „Ich kenne dich erst seit diesem Wochenende. Aber eines solltest du über mich wissen – ich werde mich nicht für einen Mann verbiegen. Ich kann mich nicht völlig aufgeben. Nicht noch einmal." Sie wandte den Blick ab, drehte sich zu ihrem Auto und öffnete die Tür.

Nic griff nach der Tür und kam näher. Sie konnte ihn hinter sich spüren, auch wenn er sie nicht berührte. Plötzlich überkam sie der Drang, sich an ihn zu lehnen und sie begann, ins Auto zu steigen.

„Lexi, warte", sagte er sanft. „Bitte warte."

Sie schloss die Augen, eine Hand ruhte auf dem Dach des Autos, die andere auf der Tür. Er legte seine Hand auf die, die auf der Tür lag. „Bitte fahr nicht, wenn du sauer bist. Ich hätte dich nicht drängen sollen. Es sah einfach so unglaublich aus, wie du geritten bist, nachdem du es solange nicht getan hast. Du warst so anmutig... bleib. Würdest du das tun? Bitte bleib."

Als sie sich umdrehte, fiel ihr auf, dass sie beinahe eingekreist war von ihm vor und dem Auto hinter sich. „Vielleicht habe ich überreagiert“, gab sie zu, Verwirrung trübte ihr Urteilsvermögen.

„Ich werde alles in meiner Macht Stehende tun, um deine Meinung zu ändern. Damit du uns eine Chance gibst. Ich glaube wirklich, dass wir es versuchen sollten.“

Sie konnte nicht klar denken, wenn er so nahe war. Dieser Mann verwirrte sie. Sie zwang sich selbst, ihr Herz zu verhärten. „Auf Wiedersehen, Nic.“

Sie rutschte auf den Sitz und war erleichtert, als er einen Schritt zurücktrat und ihr so erlaubte, die Tür zuzuziehen.

Sie musste hier raus.

Sie gehörte nicht hierher.

Warum fühlte sie sich dann so schlecht? Sie war schon eine Weile in Richtung Corpus gefahren, als ihr auffiel, dass sie vergessen hatte, sich den Pavillon anzusehen und über das Catering zu sprechen.

Aber das spielte keine Rolle. Sie konnte nicht mit Nic zusammenarbeiten. Das wusste sie jetzt. Sie musste sich von ihm fernhalten.

* * *

Er war ein verdammter Trottel. Nic stieß sein Werkzeug erneut in den harten Boden, wippte hin und her und holte den letzten Rest Erde heraus. Dann warf er die zweiköpfige Schaufel zur Seite, starrte in die sengende Augustsonne und schimpfte noch einmal auf sich selbst. Das tat er, seit er am Vortag zugesehen hatte, wie sich Lexis Rücklichter über den Hügel entfernten.

Die Szene ging ihm unerbittlich durch den Kopf. Ein ums andere Mal. Er hatte es vermasselt.

Er trat an die Heckklappe seines Trucks und hievte sich den neuen Torpfosten auf die Schulter. Er trug ihn zum Loch und ließ ihn mit einem dumpfen Knall hineinfallen.

Er wischte sich mit dem Ärmel über die Stirn und schloss für einen Moment die Augen. Lexi hatte recht gehabt. Er hatte alles ignoriert, was sie wollte und sich nur für die Dinge interessiert, die für ihn selbst von Bedeutung waren.

Was jetzt?

Er wollte zu ihr gehen und versuchen, einen Sinn in die ganze Sache zu bringen. Aber er wusste nicht wie.

Und das was sie wollte, konnte er auch nicht tun – sie in Ruhe lassen. Er wollte Lexi.

Es war ganz einfach, er wollte sie in seinem Leben.

Er lebte auf einer Ranch und das wollte sie nicht.

Also, was sollte er deswegen tun?

Er trat die Erde mit der Seite seines Stiefels zurück in das Loch und als er fertig war, ließ er seinen Kopf hängen und betete.

Er wusste keine Lösung. Er konnte sie sich ja schlecht über die Schulter werfen und sie zwingen, ihn zu heiraten, nur weil es das war, was er sich wünschte. Sie kannten sich erst seit drei Tagen, sie würde denken, dass er verrückt geworden war.

Zeit und Raum. Das war es, was sie brauchte. Sie brauchte Zeit.

Und die würde er ihr geben und wenn er dafür jede Unze Willenskraft bräuchte, die ihn ihm war.

CHAPTER ZWÖLF

„*Lexi*! Du hast deine Berufung gefunden", schwärmte Lillian Sebastian, als sie zwei Wochen, nachdem Lexi verärgert und verwirrt Nics Ranch verlassen hatte, durch die Bistrotür kam. Seitdem hatte eine düstere Wolke über ihr gehangen, die einfach nicht verschwinden wollte. Lillians aufgeregter Ausruf würde hoffentlich etwas Schwung in ihren ansonsten schwunglosen Tag bringen.

Zumindest war er vielversprechend.

„Dann haben dir und deiner Familie die Platten gefallen, die ich für euch vorbereitet hatte?", fragte sie und zwang sich, aufgeregt zu klingen. Genau das würde sie tun: So lange Aufregung vortäuschen, bis sie sie tatsächlich verspürte. Lillian war die Frau eines in der Stadt sehr angesehenen Anwalts und die beiden besuchten dieselbe Kirche wie Lexi. Übers Wochenende war Familie zu Besuch gewesen und sie hatte mehrere große Platten mit Gebäck, Sandwiches und Suppen bestellt. Lexi hatte begonnen, ihr Catering auf die Beine zu stellen und langsam nahm die ganze Sache Fahrt auf.

„Machst du Witze?", fragte sie mit ihrem schweren texanischen Akzent. „Sie haben sich um das letzte Stück Gebäck gestritten – und ich übertreibe nicht! Förmlich die letzten Tropfen dieser göttlichen Kartoffelsuppe aus den Schalen geleckt und von den Monte Cristo Sandwiches ist kein Krümel übriggeblieben. Im Ernst, Lexi, ich habe noch nie Essen gegessen, das so gut geschmeckt hat wie deins. Deine Rezepte sind einzigartig. Einfach erstaunlich. Wirklich, Lexi, du solltest mit meinem Mann sprechen. Bill würde dir gern dabei behilflich sein, ein Franchise-Programm aufzubauen. Sag es ihr, Julie", rief sie Julie in der Küche zu. „Du hast mir erzählt, dass Lexi dir alles beigebracht hat, was du kannst. Und du machst einen exzellenten Job.“

Lexi starrte Lillian fassungslos an. Das Lob der Frau, die da in einem makellosen weißen Zweiteiler vor ihr stand und mit Juwelen in der Größe von Texas geschmückt war, die wahrscheinlich mehr kosteten, als das gesamte Bistro, war gelinde gesagt überwältigend. Julie steckte den Kopf durch die Durchreiche zur Küche.

„Auf jeden Fall“, stimmte sie zu. „Ich konnte kaum Butter auf einen Toast streichen, als ich hier anfing. Sie sagen es, Mrs. Sebastian.“

Candy grinste ihr von dem Tisch in der Ecke, an dem sie gerade stand, zu. „Es ist eine großartige Idee, Lexi. Ja wirklich.“

„Da siehst du es“, fuhr Lillian fort. „Ich habe nicht den geringsten Zweifel daran, dass du keinerlei Probleme hättest, Investoren zu finden, wenn du Kapital benötigen würdest. Ich würde dir sofort helfen. Wie sicherlich auch einige andere Kunden von dir.“

Franchise. Lexi ließ sich die Idee durch den Kopf

gehen. An diese Möglichkeit hatte sie noch gar nicht gedacht. „Darüber habe ich nie nachgedacht. Ich bin mir nicht sicher, ob mich das interessiert." Im Moment interessierte sie sich für gar nichts. Sie musste sich unbedingt aus dieser depressiven Stimmung befreien, in der sie sich befand. „Ich mag es, hier zu arbeiten und die Freiheit, die mir das gibt. Ich mag es, genauso wie es ist."

Die stilvolle Blondine lächelte. „Nun, junge Dame. Du sitzt hier auf einer Goldmine, wenn du es richtig angehst und einen Plan machst. Bill ist Experte. Ich empfehle dir dringend, darüber nachzudenken. Du musst an deine Zukunft denken. Du bist noch so jung und unverheiratet. Hast weder Ehemann noch Kinder… Es gibt nichts, was dich aufhalten könnte. Denk darüber nach. Ich sage Bill, dass du dich vielleicht bei ihm meldest. Oh, und beinahe hätte ich vergessen, dir mitzuteilen, dass sich die Hochzeitspläne meiner Nichte geändert haben. Es gab ein Feuer und der Veranstaltungsort ist am Wochenende bis auf die Grundmauern abgebrannt. Du kannst dir vorstellen, dass wir hektisch auf der Suche nach einem neuen Ort sind. Ich werde dir Bescheid sagen, sobald wir wissen, wo die Hochzeit stattfinden wird. Okay, ich muss mich beeilen, ruf Bill an."

Sie hatte zugestimmt, das Catering für die Hochzeit von Lillians Nichte zu stellen, obwohl sie diesen Auftrag beinahe abgelehnt hatte, weil sie mit Hochzeiten so wenig wie möglich zu tun haben wollte. Doch dann hatte sie sich gezwungen, eine geschäftliche Entscheidung zu treffen, die nicht auf Emotionen beruhte. Lillian war sehr gut darin, von den Menschen genau das zu bekommen, was sie wollte und so hatte sie eingewilligt. Außerdem war sie eine loyale Kundin. Trotzdem fühlte sie sich ein wenig so, als wäre sie von einer – exklusiven – Dampfwalze überrollt worden, als sie zusah, wie Lillian ging. *Weder Ehemann noch Kinder* – im Moment fühlte es sich nicht wie ein Vorteil an, weder das eine noch das andere zu haben. Ihr Kopf war voller Gedanken an Nic und die Vorstellung, dass sie eine gemeinsame Zukunft haben könnten, wenn sie nur nachgäbe.

Aber stimmte das? Und war es die Zukunft, die sie wollte?

Candy starrte sie an. „Ich kann sehen, dass du nicht daran glaubst. Obwohl du an beinahe gar nichts mehr zu glauben scheinst, seit du an diesem Wochenende neulich zur Ranch deines starken Cowboys gefahren bist."

„Er ist nicht mein starker Cowboy", fauchte Lexi. „Wirklich, Candy, ich kenne den Mann kaum." *Sie war eine elende Lügnerin.*

Candy warf die Hände hoch. „Hey, ich sage nur, was ich denke. Lillian hat recht, weißt du? Du hast doch hier alles im Griff, aber nichtsdestotrotz, wenn du es nicht siehst, dann musst du tun, was dir dein Herz sagt."

Ihr Herz? Ha, das ließe sie im Moment besser außen vor. Dieser launische Klumpen verursachte ihr alle möglichen Probleme.

Mit finsterer Miene kehrte sie in die Küche zurück, wo sie gerade eine Gemüsesuppe zubereitete, die gemeinsam mit den Sandwiches serviert werden würden, die sie und Julie zuvor fertiggestellt hatten.

„Es stimmt, Lexi", sagte Julie, die eine Bestellung für eine Gruppe auf der Terrasse zubereitete. „Du bist eine großartige Bäckerin und Köchin. Und du hast ein großes Herz. Du hast mir einen Job gegeben, als ich obdachlos und ohne Hoffnung war und ich bin jedes Mal erstaunt, wenn ich einen Teigklumpen in eine Spezialität verwandle, so wie du es mir beigebracht hast."

„Ja, das stimmt", sagte Candy, die hinter Lexi in die Küche kam und zwei schmutzige Teller in die Spüle stellte. „Ihr sorgt dafür, dass ich auch kochen lernen möchte." Sie grinste. „Nein, nicht wirklich. Ich fühle mich wohl, da wo ich bin. Lexi, ich habe eine kleine Wohnung für mich und eine Katze, für die ich mir das Futter leisten kann und das alles nur deshalb, weil du diese köstliche Suppe in die Obdachlosenunterkunft gebracht hast und einem Mädchen wie mir eine Chance gegeben hast. Du verdienst das Beste. Lillian hat uns nichts erzählt, was wir nicht ohnehin bereits wussten."

„Jetzt hört aber auf." Lexi rührte die Suppe um. „Ich liebe euch, Mädels. Ihr verdient genauso viel Anerkennung, schließlich habt ihr die Jobs angenommen und leistet die ganze Arbeit. Ihr kommt jeden Tag und macht das Alles möglich."

Candy sah sie an. „Wie auch immer, du weißt, was

du getan hast und wir wissen, was du für uns getan hast, als du uns eine Chance gegeben hast. Jetzt machst du das Gleiche für Roxie und greifst ihr unter die Arme. In diesem Bistro passiert so viel Wunderbares wegen deinem großen Herzen. Aber wenn ich es mir recht überlege, warst du in letzter Zeit nicht du selbst. Und ich habe so das Gefühl, dass das mit dem attraktiven Helden zu tun hat, der dich aus dem Ozean gezogen hat. Hey, sieh mich nicht so an. Ich spreche bloß das Offensichtliche aus."

Julie schenkte ihr ein winziges Lächeln. „Das ist richtig, dieser Ort ist fantastisch auch ohne Franchise. Ich muss Candy allerdings zustimmen, du warst in letzter Zeit nicht du selbst. Man kann leicht sehen, dass etwas nicht stimmt. Möchtest du darüber reden?"

Tränen traten Lexi in die Augen. Die beiden waren so wichtig für sie. Sie hatten sehr viel mehr durchgemacht als sie selbst und inspirierten sie.

„Gruppenumarmung", sagte sie, ging zu Julie und winkte Candy, sich der Umarmung anzuschließen.

„Ich kann nicht darüber reden", sagte sie, von Emotionen erfüllt. „Aber ich danke euch dafür, dass ihr euch um mich kümmert." Sie ließ die beiden los, schniefte und ging dann zurück zu ihrer Suppe. „Ihr habt mir genau das gegeben, was ich gebraucht habe. Eine Erinnerung daran, warum ich dieses Bistro und das Leben, das ich mir hier aufgebaut habe, so liebe. Der Segen, der es für mich war, seit dem Tag, an dem ich durch die Fenster geschaut und meine Träume darin gesehen habe."

Das stimmte. Und als sie tief Luft holte, fühlte sie sich bereits viel besser. „Okay, zurück an die Arbeit", sagte sie lachend. „Heute wird ein großartiger Tag. Und ich muss die Suppe bis vier Uhr in die Unterkunft bringen."

Sie probierte die Suppe, der Geschmack war ebenso gut wie der verlockende Geruch – sie *liebte* Suppe. Essen für die Seele Platz Eins. Sie fügte noch etwas Salz hinzu und rührte dann um. Zum ersten Mal seit Tagen spürte sie, wie sie so etwas wie Gelassenheit überkam. Hier gehörte sie hin.

Aber du vermisst ihn.

Das stimmte. Es war ihr unbegreiflich, wie das nach der kurzen Zeit, die sie ihn erst kannte, möglich war.

Besonders, weil sie es auch gar nicht wollte.

Alles, was sie an diesem Nachmittag zu ihm gesagt hatte, entsprach der Wahrheit. Sie interessierte sich nicht für Cowboys oder das Ranchleben. Und doch dachte sie an kaum etwas anderes als daran, wie sehr sie es genossen hatte, auf der Ranch zu sein, die Fohlen zu sehen und mit Nic um die Wette zu reiten.

Tief in ihrem Herzen wusste sie, dass er nicht wie Lance war. Sie wusste, dass sie Cowboys gegenüber nicht fair war und dass es das Herz eines Mannes war, das zählte. Andererseits waren schon zwei Wochen vergangen, ohne dass sie etwas von ihm gehört oder gesehen hatte.

Wenn er sich wirklich für sie interessierte, würde er dann so leicht aufgegeben?

Okay, das ist lächerlich.

Sie warf einen Blick auf die Uhr. Es war Zeit, das Essen zum Auto zu bringen. Sie griff nach der großen Tortenschachtel mit den verschiedenen Sandwiches, die mit dem wohlriechenden Brot des Vortags zubereitet worden waren und ging dann zur Hintertür hinaus.

„Brauchst du Hilfe?", fragte Julie.

„Nein, ich habe alles." Der Nachmittag war erstaunlich schön, die Wolken hoben sich weiß gegen den zartblauen Himmel ab. Sie schaute nach oben, um das Schauspiel zu bewundern – und verpasste die letzte Stufe!

„Hab dich", sagte eine vertraute Stimme und Nic trat ihr in den Weg, packte sie um die Taille, fischte sie aus der Luft und stützte die Schachtel mit der anderen ab. Irgendwie gelang es, dass sowohl sie als auch die Sandwiches unbeschadet blieben, als er sie sanft auf die Füße stellte.

„Wir sollten aufhören, uns immer auf diese Art und Weise zu begegnen", sagte er und sah sie unter seinem Stetson hervor an, sein umwerfendes Lächeln zu einem schiefen Grinsen verzogen.

Lexi starrte ihn an. Er war hier. Nach all den Qualen der letzten zwei Wochen und dem kurzen Gespräch, das sie gerade mit sich selbst geführt hatte, war sie sich nicht sicher, ob sie glücklich oder verärgert darüber sein sollte, dass er endlich aufgetaucht war.

Okay, sie war verärgert. *Und freudig erregt.*

„Was machst du hier?", fragte sie wie ein Trottel

und ihr Herz schlug so heftig, dass sie kaum ihre eigene dumme Frage hörte.

„Dich retten – schon wieder", neckte er sie.

Er sah besser aus als… nun, besser als alles andere. „Richtig." Sie musste lächeln. Sie nahm ihm die Schachtel ab und stellte sie in den Kofferraum ihres Autos.

„Wohin fährst du?", fragte er.

„Eine Lieferung ausfahren." Sie huschte an ihm vorbei zurück ins Bistro, während ihr Magen Purzelbäume schlug.

„Hallo, Cowboy", gurrte Julie. „Du musst der gutaussehende Kerl sein, der unsere Lexi aus der Bucht gerettet hat. Candy hat nicht gelogen."

Lexi starrte ihre Freundin an.

„Hi, ich bin Nic."

„Und ich bin Julie", antwortete sie und grinste Lexi an. „Jetzt weiß ich, wo du in den letzten Wochen mit deinen Gedanken warst, Boss."

Nic sah erfreut aus. „Ach so ist das."

Lexis Mund klappte auf und sofort schloss sie ihn energisch wieder. Sie drehte sich um und griff nach der

Suppe.

„Whoa, das mache ich", sagte Nic. Dann trat er neben sie und griff nach den Henkeln. Widerwillig zwang sie sich dazu, ihm den Topf zu überlassen. „Wo soll der hin?"

Sie wusste, wann sie sich geschlagen geben musste. „In den Kofferraum neben die Sandwiches."

Sie folgte ihm, als er zur Tür ging. Seine Muskeln spannten sich an, als er den schweren Topf in den Kofferraum stellte und ihr Mund wurde ganz trocken, als sie daran dachte, wie sich seine Arme um ihren Körper angefühlt hatten. Er blickte hoch und fing ihren Blick auf. Verdammt.

Er zog eine Braue hoch. „Du wolltest den Topf tragen? Ganz allein?"

Erleichtert, dass er das wissen wollte und nicht, warum sie seine Muskeln angestarrt hatte, entspannte sie sich. „Nicht unbedingt. Ich wollte es nur versuchen. Mir ist klar, dass ich das niemals alleine geschafft hätte. Ich habe diesmal mehr Suppe gekocht als sonst. Danke, dass du das übernommen hast."

Er lächelte und sie konnte sich kaum seines

Charmes erwehren. „Gern geschehen und das beruhigt mich ein wenig. Meine Muskeln haben protestiert. Wenn du diesen Topf hättest tragen können, wäre ich wohl ganz schön aus der Form."

„Wohl kaum." Die Worte waren heraus, bevor sie sie aufhalten konnte.

Sein Lachen war ganz heiser, so wie sie es mochte. *Liebte*.

„Das kommt vom Trainieren der Pferde und Ringen mit den Rindern."

„Besser als jedes Fitnessstudio", sagte sie lachend und merkte plötzlich, wie unbeschwert sie sich mit einem Mal fühlte. Er zwinkerte und sie spürte, wie sich ihr Inneres zusammenzog. Sie trat zurück. „Ich ähm, ich muss gehen. Das da soll in fünfzehn Minuten ausgeliefert sein", sagte sie und hielt inne, um auf die Uhr zu schauen. Die Zeit war geradezu verflogen.

„Hast du noch Platz für einen Cowboy?"

Er wollte mit ihr kommen. „Sicher, komm mit. Aber es kann eine Weile dauern. Das weiß ich vorher nie."

„Ich habe den ganzen Abend Zeit."

Sie fragte sich erneut, warum er hier war. Sie schloss den Kofferraum und sie stiegen ins Auto. Nachdem sie sich angeschnallt hatte, setzte sie aus der Einfahrt zurück und fuhr die Straße entlang.

In ihrem kleinen Wagen war kein Sauerstoff. Ja, sie würde ersticken. Sie warf einen Blick zu Nic hinüber, der keine Probleme beim Atmen zu haben schien.

Er warf ihr einen Blick aus diesen tiefen ausdrucksstarken Augen zu und ihr Herz sprang in ihrer Brust wie ein Speerfisch am Haken. Meine Güte.

„Also, was machen wir nun?"

Sie hatte ihm erst vor zwei Wochen gesagt, dass nichts zwischen ihnen laufen würde.

„Geht es um einen Catering-Job?"

„Oh! Die Suppe. Nein, kein Catering-Job. Die bringen wir für heimatlose Familien in die Obdachlosenunterkunft. Ein paar Restaurants aus der Umgebung übernehmen das Abendessen. Ich serviere in meinem Bistro nur frisches Essen und mache damit auch Werbung."

Er drehte sich um und musterte sie. Sie hielt den Blick auf die Straße gerichtet. „Du bringst also das übrig gebliebene Essen dorthin, anstatt es wegzuwerfen."

„Ja, aber technisch gesehen sind es keine Reste. Ich plane die Mahlzeiten und koordiniere meine Menüs so, dass ich das, was ich nicht benötigt habe, so wie heute zu einer herzhaften Suppe und Sandwiches verarbeiten kann. Das ist eines der Dinge, die mir am meisten daran gefallen, mein eigener Boss zu sein."

Sie bog auf den Parkplatz der von der Kirche unterstützten Unterkunft ein. Zusammen trugen sie das Essen hinein und stellten es zu den Lebensmitteln, die von anderen Restaurants gebracht worden waren. Obwohl es genug Freiwillige gab, blieben sie und Nic dort und waren bei der Ausgabe behilflich.

In den folgenden zwei Stunden konzentrierte sie sich ganz auf die Tätigkeit, um nicht über Nic nachzudenken. Trotzdem ließ sie sich immer wieder von seinem Anblick ablenken. Er hatte sofort damit begonnen, sich nützlich zu machen und beim Servieren des Essens zu helfen. Dann hatte er sich einen Teekrug und eine Kaffeekanne geholt und war durch den Speisesaal gegangen und hatte den Leute Getränke angeboten. Dass er das tat, berührte sie tief.

Als sie fertig waren, bestand Nic darauf, dass er den Müll hinausbrachte und nicht sie. Anschließend fuhren sie zurück und Lexi parkte auf dem Platz hinter dem Bistro. Julie hatte bereits abgeschlossen, daher ließ Lexi den gewaschenen Topf in ihrem Kofferraum. Nics Truck stand einige Plätze weiter auf dem nun nicht mehr sehr vollen Parkplatz.

„Danke, dass du mir geholfen hast", sagte sie, verwirrt über die Gefühle, die sie empfand. Er war eingesprungen und hatte mitgemacht, so als hätte er sein ganzes Leben lang Suppe gekocht. Er war nett und besorgt und hilfsbereit. Nic Corbin war einer von den Guten.

Er war ein toller Kerl.

Trotzdem war er nach wie vor ein Cowboy.

„Gern geschehen. Es hat mir Spaß gemacht. Es ist großartig, dass du das machst, Lexi. Bis bald."

Nachdem er das gesagt hatte, ging Nic zu seinem Truck. Lexi sah ihm nach, sie war traurig und überrascht, dass er so plötzlich aufbrach. Er hatte nicht gesagt, warum er vorbeigekommen war. Plötzlich verspürte sie den Drang, ihm hinterherzurufen und ihn zu fragen, ob er irgendwo eine Kleinigkeit essen wollte. Oder am Strand spazieren gehen… sie fing sich gerade noch rechtzeitig und sah zu, wie er in seinen schwarzen Truck stieg. Er setzte den Wagen zurück, tippte sich an den Hut und fuhr in den Sonnenuntergang davon…

CHAPTER DREIZEHN

Nic hatte jedes bisschen Willenskraft, das sich in ihm befand, gebraucht, um sich zwei Wochen von Lexi fernzuhalten. Und nun bauchte er sie erneut, um sie alleinzulassen.

Geduld. Als er begonnen hatte, zu beten, war dies das Wort, das ihm wieder und wieder in den Sinn gekommen war. Geduld.

Er war kein geduldiger Mann.

Aber er hatte sich dazu gezwungen. Nicht, dass er während dieser Zeit bester Stimmung gewesen wäre. Er konnte sich glücklich schätzen, dass er noch Arbeiter hatte. Sein Vorarbeiter war schließlich zu ihm gekommen und hatte gesagt, er müsse etwas gegen seine schlechte Laune tun oder es würde einen Aufstand geben.

Mehr hatte es nicht gebraucht, damit er endlich zum Strand fuhr.

Und nun verließ er ihn wieder.

Lexi hatte recht gehabt, als sie ihm vor zwei Wochen gesagt hatte, dass sie sich noch nicht einmal drei Tage kannten. Es war nicht normal, dass man sich in einer solch kurzen Zeit verliebte. Dass er es dennoch getan hatte, war es nicht, was zählte, sondern die Tatsache, dass sie ihm ein ums andere Mal gesagt hatte, dass sie mit einem Cowboy weder ausgeben noch sich in einen verlieben würde. Und sie hatte mehr als deutlich gemacht, dass sie nicht die Absicht hatte, jemals wieder auf einer Ranch zu leben und dass sie an diesem Tag nur aus geschäftlichen Gründen auf die Ranch gekommen war.

Er hatte ihr nicht zugehört. Er hatte sich etwas in den Kopf gesetzt und war seinem Plan gefolgt, so als hätte sie nie etwas gesagt.

Sie hatte alles Recht der Welt, sich von ihm abzuwenden.

Also arbeitete er daran, das zu beheben. Er war abgetaucht, hatte ihr Zeit gelassen und war dann vorbeigekommen, um Hallo zu sagen und die Lage zu testen. Er hatte nichts geplant, wollte nur sehen, wie es ihr ging und prüfen, ob sie ihn vielleicht in den zwei Wochen so sehr vermisst hatte, wie er sie.

Sie hatte sich nicht so benommen, als hätte sie einziges Mal an ihn gedacht.

Trotzdem hatte er es genossen, eine ganz neue Seite von ihr kennenzulernen. Lexi hatte ein gutes Herz. Dass sie sich den Plänen der Kupplerinnen gefügt hatte, hatte ihm das bereits vor Augen geführt.

Er mochte diesen Teil von ihr. Nic fuhr über die Bay Bridge nach Hause. Der Wind wehte durch das offene Fenster herein. Kenny Chesney sang El Cerrito Place im Radio, ein langsames wehmütiges Liebeslied. Nic verstand Lexi nun ein bisschen besser als zuvor. Sie führte ein gutes Leben. Und was sie tat, machte das Leben von Anderen etwas besser. Sie war gut darin. Sie hatte ihrem Leben einen Sinn gegeben.

Das war gute Sache. Es machte es nur noch schwieriger, dass sie sich in ihn verliebte.

Er war bereit, die Herausforderung anzunehmen. Denn nach dem heutigen Tag war er sich noch sicherer, dass Lexi es wert war, um sie zu kämpfen.

* * *

Lexi sah Nic die ganze Woche über nicht, bis er zu ihrer Überraschung am Freitag zu einem späten Mittagessen erschien. Sie brachte gerade eine Bestellung auf die vordere Terrasse zu einem Tisch, als sie feststellte, das er an einem anderen Tisch saß und in die hereinrollende Bandung starrte. Die Möwen ließen sich faul am azurblauen Himmel entlangtreiben und aus Lautsprechern erklangen klassische Strandlieder. Und da war er plötzlich. Erhellte ihren Tag.

„Oh, hi", sagte sie überrascht, aber unbestreitbar glücklich darüber, ihn zu sehen. Es war so verwirrend.

„Hallo, ich war in der Gegend und dachte, ich schaue zum Mittagessen vorbei."

Sie atmete die salzige Luft ein und versuchte, ihre

Gefühle nicht zu zeigen. Versuchte, die Gefühle unter Kontrolle zu bringen, die sie jedes Mal in einen Hinterhalt lockten, wenn er sich ihr näherte. Sie waren schlimmer als jeder Hinterhalt der Kupplerinnen. Die ganze Woche über hatte sie an ihn gedacht.

„Was kann ich dir bringen?", brachte sie atemlos hervor. Großartig.

„Was kannst du empfehlen?"

„Unser Käsesteak ist unschlagbar. Dünne Scheiben texanischen Angus Rindes, gegrillte Zwiebeln, Jalapeños und frisch gebackenes Brot sowie Bio-Cheddar."

Er schüttelte langsam den Kopf. „Und sonst? Erinnerst du dich, ich esse kein Steak zum Mittag."

„Du hast Spaß gemacht."

„Nein, habe ich nicht."

„Ich empfehle immer allen Leuten das Truthahnsandwich mit Avocado und rotem Pfeffer, es ist göttlich", sagte Edith Grace vom Nachbartisch. Lexi lächelte, denn es stimmte. Edith liebte die Truthahnsandwiches.

Nic lächelte die ältere Dame an und dann Lexi.

„Dann nehme ich das.“

Bei seinen Worten wurde Lexis Lächeln noch breiter und ihr Herz hüpfte. „Das ist auch der Hammer.“

„Dann bring es mir schon.“

Sie ging hinein und als sie zurückkam, war er gerade in eine Unterhaltung mit dem Paar vertieft.

„Wusstest du, dass Charlie und Edith am heutigen Tag seit 66 Jahren verheiratet sind?“

Lexi lächelte und stellte einen Teller mit einem riesigen Stück italienischer Sahnetorte auf den Tisch. „Ja, das weiß ich.“

„Vielen Dank, meine Liebe“, sagte Charlie, dann nahm er eine der Gabeln und reichte sie Edith. „Lexi hat diesen Kuchen heute speziell für uns gebacken. Wir teilen gern unseren Nachtisch, also ist noch genug für Sie übrig, wenn Sie so schlau sind und sich ein Stück bestellen.“

„Oh, ich finde, er sieht sehr intelligent aus“, sagte Edith. „Seit Lexi das Bistro eröffnet hat, kommen wir hierher. Wir machen unseren morgendlichen Spaziergang am Strand und kehren dann hier zu Mittagessen und Dessert ein. Wir haben Sie hier noch nie gesehen. Sind Sie neu in der Stadt?"

Nic richtete seinen Blick auf Lexi. „Nein, Ma'am, sagen wir mal so, ich habe das Bistro einfach sehr spät entdeckt. Jetzt, wo ich es gefunden habe, scheine ich nicht in der Lage zu sein, mich von ihm fernzuhalten."

Lexi spürte, wie Freude sie durchrann.

„Oh, ich finde das wunderbar", sagte Edith. „Ich wusste, dass Sie intelligent sind."

Lexi schüttelte den Kopf und kicherte. „Ja, er ist schlau und wahrscheinlich ziemlich hungrig. Ich gehe mal nach seiner Bestellung sehen. Julie bereitet sie gerade zu."

„Sie ist ein gutes Mädchen", hörte sie Charlie noch sagen, als sie sich entfernte.

„Ja, Sir. Da bin ich ganz Ihrer Meinung."

Lexi kehrte mit seinem Sandwich und Pommes zurück und kurz darauf verabschiedeten sich Edith und Charlie und gingen Hand in Hand die Promenade entlang und verschwanden in der Menge. Lexi servierte ihm sein Essen, konnte aber nicht länger bei ihm bleiben, weil es gerade äußerst geschäftig zuging. Aber es ließ sich nicht abstreiten, dass sie sich gern zu ihm gesetzt und sich mit ihm unterhalten hätte.

Viel zu schnell war er fertig und sie eilte zu ihm, als er Geld auf den Tisch legte und Anstalten machte, zu gehen.

„Du gehst schon?"

„Ja, es gibt da ein Paar, das heute Abend im Pavillon heiratet und ich muss zurück."

Lexi biss sich auf die Lippe. „Ich verstehe. Nun, danke, dass du vorbeigekommen bist." Ihr fiel auf, dass sie gern noch mehr gesagt hätte. Sie hatte ihn vermisst und war froh darüber gewesen, ihn auf ihrer Terrasse vorzufinden. Sie hätte gern noch so viel mehr gesagt, tat es aber nicht. Sie war ein Feigling.

„Ich komme bald mal wieder. Du weißt, du kannst jederzeit auf die Ranch kommen und reiten, wenn du magst. Und wegen des Caterings. Wenn du es dir noch einmal durch den Kopf gehen lassen willst, dann lass es mich einfach wissen. Ohne weitere Bedingungen. Ich verspreche es."

Das Angebot war verlockend, aber es war nicht wirklich er, dem sie nicht traute. Sie konnte sich selbst nicht trauen. „Danke." Sie sah sich um und zog die

Augenbrauen hoch, als sie ihn erneut ansah. „Ich bin ziemlich beschäftigt.“

Sein Gesicht spannte sich an und er nickte. „Das Mittagessen war großartig. Bis irgendwann.“ Er setzte seinen Hut auf, wünschte ihr einen schönen Tag und schritt von der Terrasse zum Parkplatz.

Er war im Begriff zu gehen. Lexi schwankte, ob sie ihm hinterherrennen sollte oder nicht. Schließlich schaltete sich ihr Gehirn ein und sie eilte ihm nach. „Nic.“

„Ja?“ Er wirbelte zu ihr herum und beglückt stellte sie fest, dass ein Anflug von Erregung über sein Gesicht huschte.

„Wegen des Pavillons. Weißt du, ob er am ersten Wochenende im September noch frei ist?“

„Der Pavillon. Klar. Warte, ich schau kurz in meinen Kalender, um ganz sicher zu sein.“

Er zog sein Handy heraus und seine männlichen Finger streiften den Touchscreen, als er durch seinen Terminkalender blätterte.

„Er ist frei. Worum geht’s?“

Sie erzählte ihm von Lillians Nichte und dem Feuer

am Veranstaltungsort. Er zog eine Karte aus seiner Brieftasche und reichte sie ihr. „Ich würde ihnen gerne alles zeigen oder mein Vorarbeiter kann das tun, falls ich nicht da sein sollte. Gegen Ende der Woche muss ich ein Hengstfohlen zu Vance Presley und seinen Brüdern bringen. Vielleicht möchtest du ja auch mit meinem Vorarbeiter sprechen, selbst wenn ich dort bin. So oder so ist es in Ordnung. Was immer du möchtest."

Ihre Finger berührten sich, als sie die Karte nahm. „Danke, ich werde sie anrufen und ihnen von der Sandbar Ranch erzählen."

„Großartig."

Lexi nickte und ging dann zurück in Richtung Bistro. Sie spürte, wie sich ein Glücksgefühl in ihr ausbreitete.

Nic sah ihr mit hämmerndem Herzen nach. Mit einem Seufzer drehte er sich um, um zu gehen. Dieses ganze Geduld haben zehrte an seiner Geduld.

„Nic."

Er wirbelte so schnell herum, dass ihm kurz

schwindlig wurde. Sie stand ein paar Schritte entfernt, einen goldenen Arm erhoben um ihre Augen vor der Sonne zu schützen. In ihrem rosa Sommerkleid und den glitzernden Flip-Flops war sie so wunderschön, dass es ihn schmerzte, sie anzusehen.

„Es war schön, dich heute zu sehen", sagte sie. „Und Nic. Ich würde mich freuen, wenn du uns alles zeigst." Dann drehte sie sich um und war verschwunden.

Nic sah sie durch den Seiteneingang des Bistros hineingehen und spürte einen winzigen Hoffnungsschimmer.

„Ja", sagte er zu der Brise und bekämpfte den Drang, eine Faust in den Himmel zu schleudern. *Ja, ja, ja.*

Er grinste wie ein Idiot, als er beschwingten Schrittes zurück zu seinem Truck ging.

CHAPTER VIERZEHN

Es war ein spontaner Einfall gewesen, Nic zu fragen, ob die Sandbar Ranch verfügbar war. Am Ende hatte es sich als die perfekte Idee erwiesen.

Für alle außer sie selbst.

Lillian liebte den Pavillon. Sie und ihre Nichte waren zwei Tage nach ihrem Anruf gekommen und waren überglücklich über die Ranch und den wunderschönen Steinpavillon. Auch Lexi liebte den Pavillon. Als sie der Ranch einen Besuch abgestattet hatte, hatte sie ihn nicht gesehen, da sie verfrüht aufgebrochen war, nachdem Nic sie geküsst hatte.

Da es inzwischen weniger als zwei Wochen bis zur Hochzeit waren, liefen die Vorbereitungen auf Hochtouren.

Mit einiger Verspätung fiel ihr ein, dass sie sich den Pavillon anschauen musste, um eine Vorstellung davon zu bekommen, was sie in der Küche benötigen würde. Sie hatte diesen Überlegungen nur einen flüchtigen Gedanken gegönnt, als sie mit Lillian und Sabrina zur Ranch gefahren war, damit diese sich den Veranstaltungsort anschauen und entscheiden konnten, ob er für sie das Richtige war.

Und so fuhr sie am Dienstagnachmittag erneut durch das Tor der Ranch, nachdem sie das Bistro geschlossen hatte. Es war Regen angesagt worden, aber zum Glück nur mit geringer Wahrscheinlichkeit. Und als sie die Auffahrt hinauffuhr, entdeckte sie keine Wolke am Himmel.

Nichtsdestotrotz hing eine bedrohliche Wolke über ihr im Inneren des Wagens. Ihre Handflächen klebten feucht am Lenkrad, als sie auf Nics Rasen zum Stehen kam.

Die Ranch war wunderschön, aber nichts übertraf

den Anblick von Nic, als er mit einer Rolle Stacheldraht aus der Scheune kam und diese auf die Ladefläche seines Trucks legte. Er war schlicht gekleidet, trug abgenutzte Stiefel, eine figurbetonte Jeans mit Fransen und ein T-Shirt, das sich eng über seine muskulöse Brust spannte. Der Look wurde mit wildledernen Arbeitshandschuhen und seinem allgegenwärtigen Stetson abgerundet. Er nahm ihr den Atem und sorgte dafür, dass ihre Knie ganz weich wurden – und dass, obwohl sie in ihrem Auto saß.

Zwei weitere Cowboys waren damit beschäftigt, Dinge in den Truck zu laden, aber ihre Augen hafteten auf Nic. Mit jedem Tag kam es ihr gefährlicher vor, sich in seiner Nähe aufzuhalten, aber er war noch drei weitere Male zu ihr ins Bistro gekommen, seitdem sie mit ihm in der Obdachlosenunterkunft gewesen war. Und nie hatte er gesagt, warum er gekommen war. Jedes Mal unterhielt er sich mit anderen Gästen und Candy sagte ihr, dass sie verrückt sein müsse, sich nicht in ihn zu verlieben. Er war geduldig. Beherrscht. Und das machte sie verrückt.

Er kam mit großen Schritten auf sie zu und zog sich

im Gehen die Handschuhe aus. Er hatte ihre Tür aufgezogen, noch bevor sie den Motor abgestellt hatte.

„Hey, willkommen zurück", sagte er und hielt ihr eine Hand hin. Seine Augen versanken in ihren. Sie lächelte unwillkürlich.

„Danke. Ich hoffe, ich bin nicht zu früh. Es herrschte weniger Verkehr als ich erwartet hatte."

„Ist zum Glück kein langer Weg. Nur knapp zwanzig Minuten vom Jachthafen in der Innenstadt, nicht viel mehr vom Bistro."

Er schloss die Autotür für sie. „Es ist wirklich schön, dich zu sehen. Ich muss hier noch etwas fertigmachen und dann können wir uns den Pavillon ansehen. Du solltest dem neuen Fohlen im Stall Hallo sagen."

„Deltas Fohlen?" Aufregung durchströmte sie.

„Ja, es ist letzte Woche zur Welt gekommen. Es geht beiden großartig. Sie ist das Ebenbild ihrer Mutter."

Begeistert eilte Lexi zum Stall und fand darin die Stute und ihr weibliches Fohlen. Es hatte schlaksige Beine und bernsteinfarbenes, seidig glänzendes Fell und war süß wie sonst nichts, als es zu Lexi getapst kam, um sie unter die Lupe zu nehmen.

„Na, du bist aber eine Schönheit, meine Süße", sagte Lexi begeistert, als sie sich an ihre Hand kuschelte. „Und zutraulich bist du auch." Lexi lächelte die Stute an, die sanft wie ein Lamm war, Lexi aber nicht aus den Augen ließ. Offenbar war sie zu dem Schluss gekommen, dass Lexi keine Bedrohung darstellte und freute sich darüber, dass ihrem Fohlen solche Aufmerksamkeit zuteilwurde – solange sie auch welche abbekam. Delta manövrierte sich vorsichtig neben ihren Nachwuchs und streckte Lexi über das Geländer die Nüstern entgegen. Während Lexi das Kleine mit einer Hand kitzelte und Delta mit der anderen Hand streichelte, knabberte diese zufrieden an ihrem Haar herum.

Nic kam durch den Eingang des Stalls. „Oh, Nic, das Fohlen ist bezaubernd."

Von der Sonne von hinten beschienen bot Nic einen prächtigen Anblick, als er auf sie zulief – vom Hut bis zu den mit Fransen besetzten Cowboy Hosen und den klirrenden Sporen. Sein schroffer Kiefer und die auf sie gerichteten durchdringenden Augen sorgten dafür, dass ihr Herz zur Ruhe kam. Sie war so froh, ihn zu sehen. Sie hatte ihn vermisst.

„Ich wusste, dass du das sagen würdest."

Lexi versuchte den tobenden Sturm der Gefühle zu beruhigen, der sie plötzlich erfüllte. Sie hatte ihn so sehr vermisst.

„Erstaunlich", brachte sie heraus und schaute dabei nicht zu den Pferden. Lexis Magen fühlte sich an, als ob er sich im freien Fall befände. Und ihr Herz machte einen Satz, als Nic auf sie zukam und seine raue Hand mit einer sanften Bewegung an ihre Wange legte.

Seine   Ich-werde-dich-niemals-im-Stich-lassen-Augen bohrten sich in ihre und sie konnte sich nicht bewegen. „Du raubst mir den Atem, Lexi. Es ist schön, dass du wieder hier draußen bist", sagte er voller Emotionen. Sein Blick berührte jeden Teil ihres Gesichts und verweilte dann auf ihren Lippen.

Sie konnte kaum atmen und obwohl sie sich selbst sagte, sie solle besser einen Schritt zurücktreten, tat sie es nicht.

Er würde sie küssen.

Aber das tat er nicht. Stattdessen kräuselte sich seine Lippe auf der einen Seite, seine Augen trübten sich und im nächsten Moment ging er an ihr vorbei und in den hinteren Teil des Stalls. Lexi war in ihrem ganzen Leben noch nie so enttäuscht gewesen. Nicht einmal an dem Tag, als Lance sie allein am Altar zurückgelassen hatte.

Sie packte das Stahlgeländer und stützte ihre schwachen Knie.

Stille umgab sie, als Nic einen Eimer mit Futter füllte, dann zurückkam und in die Box ging. „Komm rein und lern die kleine Tulip kennen."

Lexi hielt inne. „Tulip?"

Er zwinkerte ihr zu. „Nach der Geschichte, die du mir erzählt hast, konnte ich nicht anders. Ich hoffe, es gefällt dir und macht dir nichts aus."

„Ausmachen. Oh Nic, ich finde es großartig."

Sie betrat ebenfalls die Box und streckte Tulip die Hand entgegen. Jahre voller Schmerz stürzten auf sie ein und sie musste an sich halten, um nicht in Tränen auszubrechen. Aber sie hatte schon vor langer Zeit aufgehört zu weinen.

Trotzdem…

„Ich weiß, dass du Tulip schon einmal verloren hast und ich wollte, dass du hierherkommen und mitansehen kannst, wie diese Schönheit hier auf der Ranch wächst und gedeiht."

Sie wusste nicht, was sie darauf erwidern sollte. Wie man auf so etwas reagierte. Ihr Instinkt, jede Zelle ihres Körpers, alle Gefühle rieten ihr, sich in seine Arme zu werfen. Warum hatte er das getan?

„Das ist eine sehr süße Geste. Aber…-"

Er schüttete das Futter in den Futtertrog und warf ihr einen wissenden Blick zu. „Sag nichts. Wollen wir uns den Pavillon anschauen?"

Eigentlich hätte sie erleichtert sein müssen, dass er erkannte, sie in eine unangenehme Situation gebracht zu haben. Aber das war sie nicht. „Wenn du soweit bist", sagte sie, etwas zu strahlend.

„Dann lass uns gehen. Ich habe Toby gesagt, er soll die Pferde satteln, dachte, du möchtest vielleicht schnell dorthin kommen, wenn du da bist. Aber es ist keine große Sache. Ich weiß, dass du mit dem Ranchleben nichts zu tun haben willst. Ich dachte nur, falls du einen

Ausritt machen willst, lasse ich für alle Fälle die Pferde satteln.“

Entzücken überfiel sie augenblicklich. Und seine Erklärung beruhigte sie. Sie konnte auf einem Pferd sitzen, ohne dem Druck ausgesetzt zu sein, ihre Liebe zum Ranchleben neu entdecken zu müssen. „Das würde ich gern tun.“

Sie ritten die Schotterstraße entlang, die zum Pavillon führte. Seine rustikale Holz- und Steinfassade stemmte sich in die windgepeitschte Wiese und ohne die umstehenden Bäume wäre es vielleicht kein ganz so romantischer Ort gewesen. Die weit verzweigten Eichen waren wunderschön und fügten sich harmonisch in die Landschaft ein. Üppig blühende gelbe Wandelröschen und rote Rosen in perfekt gepflegten Beeten rundeten das Bild mit einem sanften Kontrast ab – wie Rohleder und Spitze ergänzten sich das Gebäude und die Landschaft.

„Du hast hier hervorragende Arbeit geleistet, Nic.“

Er brachte Dutch zum Stehen und starrte auf den Pavillon, der noch gut zweihundert Meter vor ihnen lag. Inzwischen waren Gewitterwolken in einiger

Entfernung hinter dem Pavillon sichtbar. „Ich habe einfach etwas gebaut, das mir gefallen hat. Schon vor Jahren habe ich das Bild eines ähnlichen Gebäudes in einer Zeitschrift gesehen und es aufbewahrt, bis ich mich entschlossen habe, es etwas Ähnliches zu versuchen."

Sie entspannte sich im Sattel und gab Rodeo einen Klaps auf die Schulter. „Kann ich dir eine Frage stellen?"

„Du kannst mich alles fragen."

„Warum hast du das getan? Es war, nachdem du die Ranch übernommen hast, richtig?"

Er holte tief Luft und legte sein Handgelenk auf das Sattelhorn, als er die Zügel durch seine Finger gleiten ließ. Er schien in Gedanken versunken zu sein. „Mein Vater hat den Großteil seines Lebens auf dieser Ranch gearbeitet. Wie dein Vater hat er viel Blut, Schweiß und vielleicht sogar ein paar Tränen in diesen Ort gesteckt. Und wenn er keine Tränen vergossen haben sollte, dann weiß ich doch mit Bestimmtheit, dass meine Mutter es getan hat."

Lexi sah zur Seite und erinnerte sich an die Tränen,

die ihre Mutter vergossen hatte. Meistens hatte sie sie vor Lexi zu verstecken versucht. „Meine auch", sagte sie und schaute zurück zu Nic, Bedauern in den Augen. „Ich habe es gehasst, ihre Schwierigkeiten mitanzusehen."

„Das verstehe ich. Mein Vater hat gute Arbeit geleistet und ich bin mir sicher, dass hat dein Vater auch getan. Aber es gibt so viele Dinge auf einer Ranch, die man nicht beeinflussen kann. Mein Vater kämpfte darum, mit der Zeit Schritt zu halten und dann gab es diese Dürre, die drei Jahre lang andauerte und es war sehr schwer. Dann mitten in der Dürre hatte mein Vater seinen Herzinfarkt. Als ich die Ranch übernahm, wusste ich, dass ich ein paar Dinge ändern wollte, wie wir die Rinder weideten und andere Dinge, die mit den Rindern zu tun haben. Ich wollte Pferde züchten. Der Pavillon war ein Extra. Das Extra eines regnerischen Tages."

Sie liebte das verschmitzte Lächeln, das bei diesen Worten in sein Gesicht trat. „Ich wusste, dass ich eines Tages eine fantastische Bäckerin kennenlernen würde, die einen Ort für eine Hochzeit brauchen würde. Und so baute ich dieses Gebäude, um mich auf ihre Bedürfnisse vorzubereiten. Wie habe ich mich geschlagen?"

Sie lachte. Seine Antwort war so unerwartet gekommen, dass das Lachen nur so aus ihr hervorsprudelte.

„Süß, Cowboy. Wirklich sehr süß. Beinahe hättest du mich gehabt."

Er grinste. „Ich versuche es. Zum ersten Mal habe ich an so etwas gedacht, als ich auf dem College war. Einer meiner Kommilitonen heiratete auf einer Ranch in Wharton, wo es ein ähnliches Gebäude gab. Der Manager sagte, es sei meistens ausgebucht und biete der Ranch eine stabile Einnahmequelle. Das war alles, was ich wissen wollte. Das du nun auch noch fürs Catering sorgen wirst, ist nur das Tüpfelchen auf dem I."

Er grinste sie an, als die ersten großen Regentropfen dicht und schwer auf sie herabfielen.

„Wir sollten besser Zuflucht suchen." Er ritt den Rest des Weges neben ihr und als sie abstiegen, hatte der Himmel bereits seine Schleusen geöffnet und es regnete wie aus Eimern. Er sprang von Dutch herab und drehte sich zu ihr um. Dann packte er sie um die Taille und hob sie aus dem Sattel, bevor sie die Gelegenheit hatte abzusteigen.

Atemlos und schon ganz nass lachte sie, als er sie unter den offenen Pavillon trug.

Ihr Herz schlug wie verrückt, als sie ihm, so in seine Arme gekuschelt, erneut ganz nahe war. Sie hatte das Gefühl seiner Arme und seinen Herzschlag an ihrem vermisst.

Und sie dachte sehnsuchtsvoll an seinen Kuss. Sein Blick fiel auf ihre Lippen und dann setzte er sie mit einer schnellen Bewegung auf die Füße und trat einen Schritt zurück.

Zum zweiten Mal.

Natürlich wusste sie, dass er das Richtige tat. Schließlich hatte sie ihm unmissverständlich klargemacht, dass sie nichts mit einem Cowboy anfangen wollte. Es kam also nicht in Frage, sie zu küssen.

Trotzdem war es frustrierend.

„Wir sollten uns besser die Küche anschauen." Er griff nach den Zügeln der Pferde und brachte sie in den Unterstand des Pavillons und band sie an einen Balken. „Dort entlang", sagte er und ging voran zur Rückseite des Gebäudes.

„Schau dich gerne um. Die Küche ist gut ausgestattet, aber du kannst natürlich alles mitbringen, was du möchtest. Und wenn du dich dazu entschließen solltest, dass wir diese Partnerschaft fortsetzen, dann werde ich dafür sorgen, dass du alles, was du benötigst, hier vorfindest. Und was die Einrichtung angeht, sag du mir, wie du es haben möchtest und ich lasse meine Jungs die Tische so stellen, wie du es wünschst."

Der Sturm brach über sie herein, ein richtiges texanisches Gewitter mit Blitzen und Starkregen. In der Küche klang das Rauschen des Wassers, dass sich auf das Metalldach ergoss, jedoch sehr angenehm. Lexi ging im Raum umher und versuchte nicht daran zu denken, dass sie und Nic von der Außenwelt abgeschnitten waren. *Und wenn du dich dazu entschließen solltest, dass wir diese Partnerschaft fortsetzen...*

Ihre Gedanken wanderten zu dem, was er über die Ranch gesagt hatte. Sie schaute in die Schränke und erstellte eine gedankliche Liste der Dinge, die sie brauchen würde. Er zeigte ihr, wo die Tische aufbewahrt wurden und sie entschied, was sie für ihre Arbeit in der Küche mitbringen würde. Um alles andere würden sich Lillian und Sabrina kümmern.

Es fiel ihr wirklich schwer, sich zu konzentrieren. Ihre Gedanken rasten.

Schließlich verließ sie die Küche und ging zum Vordach des Pavillons, um den Regenguss zu beobachten.

„Ich denke, wir stecken fest." Nic stellte sich neben sie. Sie sah ihn an.

„Sieht so aus." Sie hatte das Gefühl, als stünde die Zeit still. Als wäre sie… sie unterbrach ihren Gedanken und entfernte sich von ihm. Es war viel zu gefährlich, in seiner Nähe zu sein. Sie hätten den Truck nehmen sollen.

Er legte den Kopf schief und musterte sie. „Hast du Angst vor mir?"

Sie schlang die Arme fest um ihren Körper. „Warum sagst du das?"

„Zum einen möchtest du nicht in meiner Nähe stehen und zum anderen scheinst du nervös zu sein." Er trat auf sie zu, blieb dann aber stehen, ließ den Kopf hängen und starrte auf seine Stiefel. Als er sie ansah, bemerkte sie den Sturm in seinen Augen. „Lexi, ich habe gebetet und ich habe versucht, mich von dir fernzuhalten und dir Raum und Zeit zu geben, um mich kennenzulernen. Aber ich bin kein geduldiger Mann und das war das Schwierigste, was ich jemals getan habe. Ich muss es dir einfach sagen. Ich weiß, dass es verrückt ist. Es ist nicht logisch, aber wann war Liebe jemals logisch? Ich liebe dich. Das tue ich."

Lexis Mund wurde trocken und ihre Knie zitterten – aber ihr Herz machte einen Freudensprung. Es war völlig irrational. Unlogisch.

Nic riss sich seinen Hut vom Kopf und fuhr sich mit den Fingern durch die Haare. Er sah hin- und hergerissen aus. Seine tiefen ausdrucksvollen Augen bohrten sich in ihre, als er einen weiteren Schritt auf sie zu machte. Er war so nah und doch berührte er sie nur mit seinen wunderschönen Augen.

„Seit ich dich geküsst habe, habe ich an nichts anderes mehr gedacht, als an das hier. Ich bin ein Cowboy. Mein Herz ist stark mit dem texanischen Boden hier verwurzelt, den mein Großvater und mein

Vater bewirtschaftet haben und ich möchte von ganzem Herzen, dass auch meine Kinder hier leben. Aber Lexi, ich liebe dich. Und das wusste ich bereits, als ich dich gerade einmal drei Tage kannte. Mein Herz hat den Moment erkannt, als es sich mit deinem verbunden hat. Und ich weiß, dass du vielleicht mehr Zeit brauchst. Ich bin bereit zu warten… Aber du sollst wissen, dass mein Herz wahrhaftig ist. Wenn du mir vertraust, dann wirst du sehen, dass meine Liebe zu dir weiter ist als der Grand Canyon und tiefer als der Ozean."

Sie wollte etwas sagen – doch er umfasste ihren Kiefer und berührte sie endlich. „Warte. Da ist noch etwas, das ich dir sagen muss, bevor du mich bittest, zu gehen. Ich bin ein Cowboy, aber ich kann mit dir in der Stadt leben. Ich kann jeden Morgen aufstehen und den Sonnenaufgang über der Bucht beobachten, solange ich es nur mit dir tue. Und ich kann abends nach Hause kommen und mit dir den Sonnenuntergang betrachten, wo immer du das möchtest. Solange ich das mit dir gemeinsam erleben darf, ist es mir egal, wo ich lebe. Es steht wirklich nirgends geschrieben, dass du pendeln oder sogar dein Bistro aufgeben müsstest."

Lexi spürte die Tränen kommen und dann quollen sie ihr auch schon aus den Augen. Das alles würde er für sie tun.

Sie schüttelte den Kopf. „Nein", keuchte sie durch die Tränen, die ihr die Kehle verstopften.

Dann umfasste er ihr Gesicht mit beiden Händen und trat noch näher zu ihr, sodass sie einander ganz nahe waren. „Es kann funktionieren, Lexi. Ich weiß, dass du etwas für mich empfindest. Ich habe es gespürt, als wir uns geküsst haben. Du kannst nicht jemanden so küssen, ohne dass er dir etwas bedeutet."

Sie lächelte und schniefte und lachte, weil es so unromantisch war. „Nein", brachte sie hervor.

Er ließ die Hände fallen und sah so verletzt aus, dass sie es kaum aushalten konnte, dann trat er einen Schritt zurück. „Nein. Lexi, das kannst du nicht so meinen. Ich habe meine Hausaufgaben gemacht, Lexi. Ich weiß, dass du Angst davor hast, einen Ort ins Herz zu schließen und ihn dann zu verlieren. Das wird hier nicht passieren. Ich habe für alles Notfallpläne."

Oh, wie sehr sie ihn liebte. Sie wusste es. Sie hatte es gewusst.

Sie hatte es geleugnet.

Sie ging zu ihm und legte ihre Hand über seinen Mund. „Shhh, bitte." Sie hielt seinen erschrockenen Blick mit lächelnden Augen fest. „Jetzt muss ich auch mal was sagen. Ich vertraue dir, Nic. Und ich liebe dich. Ich wollte sagen, nein, ich kann es nicht zulassen, dass du in die Stadt ziehst. Ich liebe es hier. Das ist der Ort, an dem unsere Kinder aufwachsen sollen."

Sie entfernte langsam ihre Hand und beobachtete dann, wie sich sein Gesichtsausdruck verklärte, dann zog er sie mit einer schnellen Bewegung in seine Arme und eroberte ihre Lippen mit seinen. Endlich.

Als er sich schließlich zurückzog, lächelte er. „Aber, wirst du das Bistro behalten?"

Sie kicherte. „Ja. Und ich habe nur eine Bedingung."

Er grinste jetzt, großspurig und voller Spaß und Liebe, ganz der Cowboy, dem ihr Herz gehörte. „Alles was du willst."

„Wir werden eine Strandhochzeit feiern, hier an unserem Strand."

Er lachte. „Oh ja, auf jeden Fall. Wirst du das

goldene Kleid tragen?“

Sie lachte. „Nada. Das Meerjungfrauenkleid wird es nicht geben.“

Er umfasste sie fester, drehte sich mit ihr und sah ihr tief in die Augen. „Liebling, von mir aus kannst du einen Overall tragen, solange du nur *Ja, ich will* sagst.“

Sie sah zu ihm auf und schlang die Arme um seinen Hals. „Ja, ich will. Ich will dich, in guten und in schlechten Zeiten. Mit oder ohne Ranch, solange ich nur dich habe.“

Er küsste zärtlich ihre Nasenspitze. „Für mich klingt das nach dem perfekten Plan.“

Und dann küsste er sie erneut und in diesem Kuss lag das Versprechen vieler weiterer Küsse und einer gemeinsamen Zukunft…

More Books in the Series

**Turner Creek Ranch Serie –
Die Cowboys von Mule Hollow**
Schätze mich, Cowboy
Rette mich, Cowboy
Mach mich ganz, Cowboy
Schmeichle mir, Cowboy

**Die Holden Brüder –
Die Cowboys von Mule Hollow**
Das Herz eines Cowboys
„Das Vertrauen eines Cowboys"
Die Wahre Liebe Eines Cowboys

Windswept Bay
Von Diesem Moment An
Irgendwo Mit Dir
Mit Diesem Kuss & Für Immer Und Ewig
Warten Auf Liebe
Mit Diesem Ring
Mit Diesem Versprechen
Mit Diesem Schwur
Mit Diesem Wunsch
Mit dieser Ewigkeit

Die Cowboys von Mule Hollow Serie
Liebe Mich, Cowboy
Tanz Mit Mir, Cowboy

Immer Ärger mit Lacy Brown
… plus Baby macht fünf
Mein Herz gehört dir, Cowboy
Halt mich, Cowboy
Sei mein, Cowboy
Operation: Bis Weihnachten Verheiratet
Verehre Mich, Cowboy
Überrasch Mich, Cowboy
Sing für mich, Cowboy
Komm zu mir zurück, Cowboy
Reit mit mir, Cowboy

New Horizon Ranch Serie
Ein Cowboy für Maddie
Ein Cowgirl für Rafe
Ein Cowgirl für Chase
Ein Cowgirl für Ty
Eine Familie für Dalton
Eine Tierärztin für Treb
Maddies geheimes Baby
Ein Cowgirl für Austin

Die Cowboys von Ransom Creek
Trip: Ihr Cowboy-Held (Vorgeschichte)
Carson: The Cowboy's Braut zu mieten
Cooper: Bezaubert vom Cowboy
Shane: Cowboy's Junk-Store Prinzessin
Vance: Ire Cowboy der Zweiten Chance
Drake: Der Cowboy und die Maisy Love
Brice: Nicht Ruhig auf der Suche nach einer Familie

Über die Autorin

Bestsellerautorin Debra Clopton hat über 2,5 Millionen Bücher verkauft. Ihr Buch OPERATION: VERHEIRATET BIS WEIHNACHTEN wurde als ABC Familienfilm in Betracht gezogen. Debra ist für ihre zeitgenössische Westernromantik, texanische Cowboys und ihre lebhaften Heldinnen bekannt. Süße Romantik und Humor sind immer mit dabei, um den Leser zum Lachen zu bringen. Als Texanerin der sechsten Generation lebt sie mit ihrem Ehemann auf einer Farm tief im Herzen von Texas. Sie liebt es, von Lesern kontaktiert zu werden.

Besuche Debras Webseite auf
www.debraclopton.com/deutsch.
Melde dich für Debras Newsletter an
www.subscribepage.com/abonnieren-sie-meinen-deutschen-newsletter
Schau auf Facebook bei ihr vorbei
www.facebook.com/debra.clopton.5
Folge ihr auf Twitter unter @debraclopton
Schreibe ihr über debraclopton@ymail.com

Wenn dir *Ein Cowboy zum Heiraten* gefallen hat, würde ich mich freuen, wenn du helfen würdest, dass auch andere Gefallen an dem Buch finden.

Empfehle es. Bitte hilf anderen Lesern, das Buch zu finden, indem du es Freunden, bei Lesegruppen und auf Diskussionsseiten weiterempfiehlst.

Schreibe eine Rezension. Bitte erzähle anderen Lesern, warum dir dieses Buch gefallen hat, indem du eine Rezension auf der Verkaufsseite, wo du es bestellt hast, oder bei Goodreads schreibst. Falls du eine Rezension schreibst, schicke mir bitte eine E-Mail an debraclopton@ymail.com, damit ich dir mit einer persönlichen E-Mail danken kann. Oder besuche mich auf www.debraclopton.com/deutsch.